◀ Gat
◀ Villa e

È la tua strada e solo tua.
Altri potrebbero essere con te
ma nessuno può farlo per te.
Cammina su entrambe le gambe.
Ma niente ali da volare.
Non aver paura di piangere.
Niente più chiamate per essere soli.
Nessun desiderio di scappare.
Non c'è bisogno di nascondersi.
Nulla da dimostrare tranne me stesso.
Ma sento così tante strisce
su di me e sulla mia faccia,
che un giorno ho dovuto trovare un uomo
che non ha notato o disturbato
che sono diverso dal normale.
Chi altri può farmi ridere?
Siamo le creature della contraddizione,
Le verità si raccontano sotto forma di finzione;
Siamo i fiori del fuoco del mare
sanno della trasformazione dell'anima saffica.

3

Heike Thieme

Impronta

Informazioni bibliografiche dalla Biblioteca nazionale tedesca:
© 2020 Heike Thieme, produttore ed editore:
ISBN 978-3-7519-7022-8, BOD – Books on Demand, Norderstedt

Soddisfare

Introduzione

Sei il mio amore. Ti senti come se mi stessi portando in questi tempi. Mi manchi.
Ti amo ...

Con tutto l'amore di cui sto parlando, penso di poter dire che non ci sono consigli paterni su come procedere. Nessun amico e aiutante è davvero nei guai. Nessuna fratellanza sarebbe pronta a raddrizzare le cose in ogni situazione. Se non controlli per prenderti cura di te stesso, ti alzi con tutti, ma non capisci se ti indicano tutti con un sorriso, quando guardano chi cade sui cuscini con te la sera. Ecco perché dico imparare dalla vita ! Non cercare di prendere la comoda strada felice, ma piuttosto avere la forza di sopportare una vita scomoda ...

Questa storia parla della spinta interiore.

Quindi due donne prendono sul serio la loro situazione e si uniscono dopo che le loro vite precedenti sono state assolutamente addolorate. E diventano abbastanza creativi nel loro piano.
Ciò che si insegneranno a vicenda e gli altri capovolgeranno la storia del loro villaggio natale.
Infettano letteralmente i compagni di stanza in modo che tutti possano risolvere i loro problemi semplicemente vedendo l'ambiente circostante con occhi completamente diversi. È stato insegnato a tutti loro nella vita che tutto ciò con cui una persona si confronta è un'eco della sua percezione. Ecco come l'amore si accumula di fronte a loro. E le piace guardarti negli occhi e rispondere facilmente. La donna dice - Quindi ho deciso !

Se almeno non provi a parlare con gli altri dei tuoi problemi, non saprai quanto è bello lasciarsi andare dopo. Coloro che non si difendono da soli nella vita stanno aspettando che gli idioti arrivino sul marciapiede e dettino dove andare, completamente in contrasto con i loro stessi principi. Quindi chi si arrende viene manipolato dagli altri e sta solo aspettando di essere giudicato dall'altro, no, perfino condannato!

In ogni convinzione sta la convinzione della propria colpa.

In momenti in cui uccelli strani come Nietzsche hanno giustamente affermato in Ecce Homo, la condizione di esistenza del bene è una bugia - in altre parole, non voler vedere a tutti i costi, come sostanzialmente la realtà.

Il male vince quando le brave persone non fanno nulla.

I giovani i cui curriculum parlano di case dei genitori in cui sono stati maltrattati mentalmente e fisicamente.

Quando pensavo a quanti sacerdoti stuprano i bambini mentre camminano fuori, un corvo mi apparve e scricchiolò esattamente cinque volte come le sillabe dello stupro come se avesse riconosciuto il pensiero più profondo del motivo per cui ho soffiato afflizione ... La mia volontà, quello che ho detto non è mai scomparso. Ciò che era vero è finito oggi, tante cose sono state superate. Accidenti a te stesso di vivere. Ciò che è stato detto rimane per il momento. Nuova usanza per ricordare chi era o è oggi. In questo modo tutti possono essere di nuovo creativi alle proprie teste.

E se non di tanto in tanto è riuscito a raddrizzare, soprattutto perché il mondo ha qualcosa di suo spirito ...

Nessuno lo sapeva, nessuno vedeva nulla, nessuno lo sentiva, nessuno lo faceva ... era lo spirito spettrale che riempiva ogni spirito riflessivo nella ricerca infinita di penne per scrivere le parole su un foglio luminoso.

Per molti, il foglio di carta è un testimone silenzioso.
Hai eccitato l'azionamento in me. Guardare in profondità nelle menti del vasto mondo. Con la tua mano sono stato preso dalla fiducia che sicuramente mi porterà attraverso tutte le tempeste. Ti sei preso cura del bambino con delle penalità e ci hai camminato attraverso prati favolosi, arrivando come l'archetipo delle donne teneri.

Per capire le cose, devi smontarle. Devi vedere le persone nel loro insieme. La differenza fa parte del piacere di illuderti. Preferisci razionale e omogeneo piuttosto che vuoto e vuoto. Le tazze nuvolose che non sono i miei amici sono vuote.

Ho lasciato che le due donne rotolassero un sasso nella vita di tutti i loro compagni di squadra fino a quando non sono riusciti a creare un intero sistema dal nulla di cui così tanti si sono sentiti in balia.

Il fenomeno. Lo chiamo un gioco e peso dalla lingua. La natura non ha piani con me. Ho bisogno di molto amore, piccole bugie e sentimenti lievi, amo le persone che non prendono il più breve, ma il modo migliore !

È il motore della vita. È il terremoto di amare la vita. Vuoi essere il mio respiro quando vengo. Sei la mia canzone che canto se mi ami. Mi stringi come se la luna reggesse il mare. Sei il mio potere terrestre. Cosa mi emoziona.

9

Io stesso con lo stesso

Una mattina come tante mattine a Katte-Hund. La settimana è iniziata quando Clara è stanca a cercare la lattina di caffè in cucina. Con gli occhi assonnati in mutande e capelli strappati, è seduta al tavolo della colazione quando qualcuno bussa alla finestra della cucina dall'esterno. Si infila rapidamente sulla giacca all'uncinetto e si infila sulle pantofole di legno, si tira un po 'i capelli e va alla porta, tenendo ancora la tazza di caffè in mano. È il postino che le dà uno sguardo perplesso.

Clara guarda il postino in uniforme e non riesce a reprimere uno sbadiglio. Si riunisce e lo saluta.

Moin, Erhardt. C'è qualcosa di importante ?

Erhardt

Tu qui. Ho una lettera raccomandata per te. Se volessi solo firmare per un breve periodo ... è tutto uguale, Clara ?

Clara

Sì deve. Bye allora.

Clara si trascina di nuovo sul tavolo della cucina e apre la lettera, che proviene da uno studio legale. Pensosamente lei versa il caffè e legge -

Cara signora Nickfinder.
Con la presente vi informo della sfortunata notizia della morte di vostro prozio, il signor Günther Eduard Knichel. È la cugina di secondo grado della madrina Gerda, sorella di sua madre. Il signor

Knichel aveva depositato questa volontà nella nostra pratica legale con la richiesta di consegnarla a tempo debito. Ha avuto un buon rapporto con sua zia, ma non ha avuto figli e ha vissuto da solo per tutta la vita. Ecco perché l'ha dichiarata la sua erede. Devono ereditare la sua unica proprietà, la restante proprietà con una reputazione non insignificante e la somma di denaro per un importo di settantamila euro con cui sarebbero in grado di eseguire le riparazioni necessarie che sono dovute prima di prendere possesso della casa. L'indirizzo del suo parente defunto è un po 'a sud della sua casa, nelle capanne. Quindi prendi un appuntamento con me. Quindi possiamo discutere di tutto il resto, tratto dal signor Lohmann dallo studio legale Lohmann e Gross. In allegato troverete il mio numero di telefono e indirizzo a Schleswig, direttamente presso la Sparkasse nel centro della città.

Clara si siede, sorpresa dalla lettera che tiene in mano e non sa cosa dire. Ma non c'è nessuno a cui possa dire qualcosa ... pensa solo al suo piccolo posto dove stare, anche alla sua piccola capanna, in cui vive e si è ritirata per dieci anni, e si chiede come ora tutto cambiare nelle loro vite? Cosa direbbe Emma?

Nel frattempo, un po 'più in là nello Schleswig, Emma, amica di Clara, sta facendo colazione nel caffè "Am Kai" e sta guardando le pubblicità sulla bacheca per le pubblicità. Legge varie cose.

"Hai una voce - Quindi vai a votare!"
"Talk and Text - Incontro di romanzieri all'Hotel am ZOB"
"Internet per principianti - Windows 7"
"Vibrazioni digitali: è questo l'inizio della fine?"
"La nuova arma di domani è invisibile!"
Trova un foglio strappabile per un lavoro di pulizia e uno leggermente più vecchio per "cercasi babysitter" e ordina un secondo caffè quando il suo cellulare squilla ...

Emma risponde.

Emma Loretti al telefono ...

Clara sgorga subito.

Emma! Sei in schleswig Ecco Clara. Devi venire subito a Katte-Hund. Ho una grande notizia da dirti. Ed è urgente. Puoi andare oggi ?

Emma sente l'impulso della sua amica, ne sorride e aspetta solo un po 'finché non parla -

Sai, dato che abbiamo la luna piena, dormo davvero male. Poi ti chiacchierano tutti qui in città, devo tornare al lavoro, ma come trovarne uno in questo dannato nido? Se le persone non stessero facendo molte più onde quaggiù sulla terra della luna lassù, potresti pensare che oltre ad essere occupate, le persone corressero dietro al loro lavoro, forse anche il tempo di imparare l'arte della lentezza da fare prima di far cadere il cucchiaio o forse anche riconoscere l'inizio della fine. I cittadini stessi in questa provincia invecchiano troppo rapidamente e trascurano persone come me che non hanno fallito nella loro infanzia, che usano entrambe le gambe per camminare e che devono solo farmi un favore,
di offrirmi un lavoro significativo e retribuito, senza pietà, senza l'aspettativa che avrei prima bussato la testa svitata sul tavolo e fingevo di non avere tutte le tazze nell'armadio, perché qui offrono lavoro alle persone disabili e non a loro che potevano prendersi cura di ... Ma niente tranne la pulizia. Sono stufo, Clara !

Clara

Abbiamo un futuro, Emma. Questo è esattamente ciò di cui voglio parlarti. Vieni e ti spiegherò tutto.

Emma

Bene. Voglio solo controllare il mio calendario degli appuntamenti per vedere se posso darti un po 'di tempo per oggi ... Sì, sei davvero fortunato, mio caro. Sarò con te tra due ore, d'accordo ?

Clara

Perfetto.

In un pomeriggio leggermente nuvoloso, Emma raggiunse l'appartamento di Clara, bussò alla finestra della cucina ed entrò semplicemente nel corridoio della casa finché la sua amica non aprì la porta dell'appartamento e le chiese di entrare.

Emma

Ora dimmi. Cosa brucia nella tua anima che è così importante ?

Clara

Devi prima sederti. Questa è una storia più lunga che devo discutere con te. Vuoi un caffè ?
Non guardarmi così dubbioso. Nessuno ti morde la testa. Dovresti avere così tanta fiducia in me ...

Le due donne si siedono al tavolo. Clara ha davanti a sé la lettera dell'avvocato, deliberatamente pensosa, e poi inizia.
Clara

E gli uomini ? Hai qualcosa da fare, Emma ?

Emma

Diciamo quello. Non vado solo a prenderlo per strada. E se
succedesse qualcosa, avrei avuto il controllo.
Non ne ho bisogno alla mia età. Dove la fine mi rosicchia. Tuttavia,
non sarò impreparato ai miei progressi in un'altra epoca di un'altra
vita. Cara merda, perché cadere elegantemente da tutte le nuvole
quando la postura eretta è ... troppi problemi ?

Clara

Gli uomini rubano solo il tuo tempo. Stai dicendo la cosa giusta.
Ma non devi essere disgustato con loro subito.
Senza di essa non ci sarebbe né fuoco né passione. E se non
avessimo saputo in anticipo cosa significhi mettere insieme i
cavalli e superare tutte le difficoltà e superare il nostro dolore,
nessuno saprebbe dove siamo oggi. E anche il dolore della
separazione da un partner ci solleva per fare meglio nella vita e
trovare un nuovo inizio. Ed è questo il punto di cui voglio parlarti.
Certamente non abbiamo avuto una vita facile. Ma tutti sono così.

Emma

Adesso vai al punto, amore.

Clara

Ho ereditato. Una grande casa con tettoia e terreno.

Emma

Hai parenti ? Ho sempre pensato che ne fossi totalmente fiutato ...

Clara

Esattamente. Hai la tua famiglia solo finché puoi accedervi. E ora è giunto il momento per me che probabilmente anche la mia famiglia mi ha pensato. Un lontano zio, esattamente cugino di mia madrina, è morto di recente, che in realtà conosceva meglio solo la zia e non io.

Emma

Mamma mia. Vedo quanto hai sempre fatto bene senza la tua famiglia. Hai vissuto libero. Non eri preoccupato per la malattia o la fame. Ti sei riposato. E la tua mente potrebbe diffondersi liberamente in tutti gli universi e nessuna invidia potrebbe colpirti. L'ho messo correttamente ?

Clara

So che ciò che ci unisce entrambi è che non c'era piacere come il piacere della libertà.

Emma

Tu sai come mi sento Il fiume scorre libero. Io sott'acqua senza parole. Mi muovo. Vedo le stelle quando brillano. Sento l'odore dell'albero di pino che viene abbattuto. Gli alberi cadono. Quindi la vita è. La mia libertà è mia.

Clara

È una nuova alba. È un nuovo giorno
È una nuova vita. La vita rende i bambini. E piangono.
Tutto sta andando bene, finora tutto è stato così. Ma ora sto assumendo questa eredità. Quindi cosa ne faccio ?

Emma

Guarda ... Clara ... da quando eravamo single, nessuno di noi dipendeva dall'imprevedibilità di un partner. Quello che ne fai è aperto a te. Vivi libero e alla donna non dovrebbe interessare quello che fa suo marito accanto a lei. Dopo una relazione, apprende che non le importa cosa ha passato, che lei stessa può essere socializzata? Non ha bisogno di vecchi legami per questo ... Mia madre diceva sempre di aver sperimentato abbastanza che, fintanto che mi aveva cresciuto da sola come figlia, non aveva permesso a un uomo di avvicinarsi per proteggermi. Alla fine, ha lasciato che la pace e la tranquillità tornassero alla sua vita e a quella della mia infanzia.

Clara

Corretta. La licenza per avviare un'attività in proprio in questi giorni dipende da ciò di cui le persone hanno un disperato bisogno !

Emma

Hai qualcosa in mente ?

Clara

Seguiamo l'idea di quanto sia diffuso il consumo di alcolici nella provincia ... La vita delle persone qui può sembrare così triste e incolore.

Emma

L'alcol non è un paracadute. La nostra storia, la nostra divinità, la storia ha ordinato una tomba dalla quale non c'è risurrezione.

Clara

Quanto è difficile giudicare le persone. Le cose sono pensate. Ma fai qualcosa di completamente diverso. Giudicarli distrae dal buon lavoro. Prenditi il tempo per capirli. Le intuizioni ti danno lo splendore delle montagne, ma il modo in cui alcuni raggiungono le persone è difficile.

Emma

Non sono uno schiavo, non sono fermo, non sono libero, non sono legato, non solo, non sono toccato, sono illimitato ma non sono legato, non sono legato al paradiso o all'inferno, quello sono io. A volte siamo troppo passivi e tuttavia non noi stessi: chi può decifrare queste strane parole senza affermare e negare ?

Clara

Tutti devono affrontare la situazione per la prima volta, di essere abbandonati. Tutti conoscono la perdita. La cosa più costosa che le persone potrebbero dover lottare è un vero amico. Non sappiamo cosa significasse per noi nel corso degli anni, quale privilegio abbiamo goduto nella nostra amicizia. Sei stato nascosto nel segreto del mio desiderio e sei diventato un amico leale.
E l'oscurità è diventata amica per me.

Emma

La donna che mi parla. Conosce autocontrollo e decenza. Pratica spudoratamente il suo amore. Non si è lasciata catturare. Dimostra, resiste e risponde se necessario contro la politica.

Clara

A parte la politica, il primo passo è verso le persone, come tutto
conta, come gioca la vita.

Emma

C'è un po 'di lupo nel signore. Non deve essere come un cane, ecco
perché è legato.

Clara

Sì, e potremmo immaginare tutti i possibili universi, a differenza di
quello esistente, ma non quello che accade.
Allora perché non riesci a immaginare le persone là fuori che sono
diverse da te e me? Chi ha semplicemente visto, ha una coscienza
diversa e può averlo ? Sei nato con la capacità di cambiare la vita di
qualcuno per il meglio. Non sprecarlo tutto il tempo.
Sì, forse ci sono due tipi di persone ... quelli che si ubriacano con
amore o alcool ... e gli altri che siedono nelle loro case e sono
chiusi a chiave da oh gente così ordinaria, ma c'è un sacco di abusi
sui minori nel Dentro le tue quattro mura ...

Emma

Immagino queste persone mascherate che hanno davvero tutto nella
loro vita, ma a cui è proibito qualsiasi cosa che sia associata alla
gioia della vita. Devo vederli camminare nudi prima nella loro città
... e dopo un po 'penso che inizierebbero ad amarla ...

Clara

Penso anche che non dovremmo aspettare che il bambino abbia
fatto il bagno perché vergogniamo così tanto del nostro paese che i

bambini nasceranno meglio in altre parti del mondo in futuro. Solo le persone che vedono i problemi nel loro quartiere lo fanno. Ma un paese non ne aveva bisogno !

Emma

In breve, in linea di principio, il nostro paese è un paese perduto, solo inospitale, povero di pensiero, non istruito, privo di fantasia, bigotto, prudente, sprezzante e desolato. Comparativamente l'ambiente perfetto per l'apnea, se non fosse per la profondità complessiva e la quantità di aria. Questa schiacciante desolazione mentale si riflette, ovviamente, anche nell'immaginazione ... a essere scelta da Dio.

Clara

... ed esattamente queste persone sono i comodi cambi di carriera di una società in chiesa. Intendono con un po 'di ipocrisia, si annidano nel lavoro sociale, e in verità si stabiliscono nella loro vita confortevole e non sono preoccupati per la clientela da prendersi cura.

Quello che voglio dire è ... potremmo dare l'esempio migliore e, sul mio pezzo di terra nella mia casa lì, permettere a persone di diverse aree critiche della vita di vivere con noi in modo professionale, al fine di fornire loro una base per il modo più indipendente possibile creare lasciandoli lavorare con noi e incoraggiandoli.
Cosa ne pensi ?

Emma

Esattamente e in nessun modo correlato a nessuna relazione religiosa e manipolativa !

Capisci cosa intendo dire …

La vita è un cambiamento !

Un nuova idea

Le due donne stanche aprono una bottiglia di vino per rilassarsi. Ma tutte le idee e i piani esaurirono il fatto che si addormentarono sulla poltrona e sul divano sotto le coperte.

Al mattino fa ancora abbastanza freddo sotto la coperta sottile che Clara si sveglia per prima. Guarda attraverso la porta a vetri che conduce al giardino dietro la casa. L'erba non è tagliata. Una trave di legno è posizionata su due pietre, che funge da panchina e una scatola di banane funge da tavolino. Un po 'più indietro, vede il sole nascente tra alberi e cespugli. E c'è ancora un velo di nebbia sull'erba. Anche le ragnatele sono coperte da piccole gocce di rugiada e un piccolo merlo salta sulla terrazza con un piccolo becco pieno di steli secchi per il suo nido.

Anche Emma si raddrizza gradualmente, si allunga e sbadiglia. Entrambi portano un caffè, pane, marmellata, un po 'di formaggio e un litro di latte nella stanza. Sono seduti al tavolo della colazione comune quando il primo riprende la conversazione prima della sera.

Emma

Dimmi. Non ci vediamo da un po '. Ma cosa sarebbe interessante per me scoprire come andavi ? Non c'era qualcosa in un ragazzo di nome Dirk ... per quanto mi ricordassi, allora eravate tutti al settimo cielo, tesoro. Com'è stato tra voi due ultimamente ? Voglio dire, dal momento che non ho ottenuto nulla in amore, forse stai parlando di argomenti completamente diversi, giusto ?

Prima Clara tace. Quindi si schiarisce la gola.

Clara

Il mio uovo a sorpresa Dirk si è rivelato vuoto dentro, cara.
Entrambi abbiamo avuto lo stesso lavoro temporaneo in un
paesaggio in cui dovevamo introdurre alcune persone con handicap
al lavoro. Il lavoro è stato in realtà molto divertente.
Ma mi sono dovuto innamorare di questo ragazzo biondo. Abbiamo
anche pianificato insieme per cercare un appartamento più grande
insieme. Ma ti dico una cosa. Non prendere un ragazzo che
preferisce sorridere stupidamente all'inizio, invece di rivelare i suoi
segreti, perché le donne poi scivolano nel mondo delle fiabe rosa e
vedono tutto il ragazzo troppo tardi quando si è davvero persa nella
storia d'amore. E l'impatto della nuvola sette di nuovo qui, mia
cara, è difficile. Alla fine, ero solo in un appartamento troppo
grande e privo di mobili con pareti bianche, ed era di nuovo alle
calcagna.

Emma

Ah sì. Quindi la donna pensa ancora: 'Quest'uomo può gestire bene
le persone disabili. Allora potrebbe anche essere un buon padre dei
miei figli ... 'e prontamente fai tutto il possibile per renderlo felice
perché pensi di aver vinto alla lotteria, vero Clara ?

Clara

Qualcosa del genere. È un angelo della vendetta per tutti i ragazzi
della sua era nella Germania dell'Est, solo quelli che erano stati
trascurati negli anni sessanta e ora devono lavorare sodo per
ripagare correttamente le donne viziate Wessi.

Emma

E tra loro sono come fratelli leali. Capisco. Quei sciovinisti che hanno solo bisogno della loro copertura di "impegno sociale" per scacciare praticamente la gentilezza imparziale delle donne qui e per togliere loro la speranza che ci sia ancora onestà nell'amore. Ma non si aspettavano che ci fosse ancora una donna in Occidente a cui non sono all'altezza, e la loro reputazione in questa regione si è deteriorata rapidamente e nessuno vuole essere coinvolto con loro se questi ragazzi sono in realtà solo in la discoteca deve cercare il loro gioco leale, e mentre la vecchia è seduta a casa, languisce dietro di lui e fa anche il tamburo pubblicitario per lui, perché si strofina sotto il naso di tutti, quanto sia estremamente in forma e quanto insostituibile per loro Umanità.

Clara

E per finire, potrebbe avere qualcun altro seduto a casa, disposto a insegnargli un po 'di chitarra, la sera a lume di candela con sette lattine di tè … Avete capito bene. E infine, per fortuna, uno degli altri entra nel recinto e scoppia la bolla.

Emma

Quindi questo tipo di uomo probabilmente appartiene solo al tipo di odiatori amatoriali delle donne. Non possono trattare con i propri figli. Sono ancora meno favorevoli al lavoro dei disabili se guardano la bella faccia in ogni finestra che devono passare e chiedono che le donne possano servirlo, ma solo nel modo che ha meticolosamente ideato per lei.

Clara

Ok, quindi sai come è andata con la mia scatola delle relazioni. Ma non vuoi dirmi qualcosa anche della tua vita ?

Emma

Lasciami dire ... Sono scappato da una gabbia che era solo una via di fuga sul davanti ... Ho lavorato troppo.
In un asilo sono stato in carica per due anni. Alla fine, sono diventato un maniaco del lavoro e ho saputo di nuovo solo quando i miei dipendenti mi hanno consigliato di consultare un medico. Ho preferito cercare subito uno psicoterapeuta. Ma mi ha consigliato solo di provare i farmaci e non ero assolutamente pronto per questo. Dopo essermi precipitato oltre me negli ultimi anni senza nemmeno pensare alle vacanze o al relax, ho appena interrotto l'intera debacle e ho iniziato a gestire i miei problemi, e questo era possibile solo abbandonando e andando in profondità il buco nero è caduto. Ma è stato anche molto piacevole sentire che tutto il vuoto o l'oscurità intorno a me e in me producevano solo la mia voce, il che mi dà il giusto consiglio e la risposta a tutte le cose ... solo per fare ciò che è buono per me !

Clara

Quindi, come possiamo pagare meglio Chauvi a casa ? Come mostriamo agli altri che nessuno di noi verrà retrocesso a una persona di servizio al suo servizio ?

Emma

Guarda qui. Ho un'idea. Ci sono giovani puniti dalla vita ovunque, a cui è condannata l'inesperienza con le menzogne e l'inganno. Potremmo offrire loro una casa temporanea per la loro collaborazione e per dare una mano. Una volta capito che vivono in un posto sicuro, dove nessuno viene autoritario o peggiorativo, allora vedrai quanto velocemente si accumula la loro autoconservazione e iniziano a fare qualcosa per la loro vita. Pensiamo.

Ho una conoscenza organizzativa per conto nostro
"Villa Eterogenea". Affrontiamolo !

Clara

Bene, stiamo sollevando qualcosa di nostro.
Dovrebbero conoscerci !
Pensiamo ... e dai un'occhiata al nostro domicilio.

I due si siedono sulla moto di Emma e si precipitano verso il paese
a sud dello Schleswig fino a Hütten. Dopo un breve tragitto in auto,
svoltano un po 'fuori dalla strada principale e raggiungono il cortile
dell'edificio in cui viveva lo zio di Emma.

Emma

So solo così tanto. Günther Eduard Knichel era un costruttore di
utensili che in seguito aveva un piccolo negozio come specialista in
radio e tecnologia informatica e offriva anche software usato.
Come cacciatore di occasioni puoi sempre trovare qualcosa con lui
e non ha avuto moglie e figli.

Si entra in casa con la chiave della porta d'ingresso dell'avvocato.
E sono rapidamente incaricati della diversità della vita quotidiana
dello zio. Al piano inferiore la cucina, una piccola stanza, una
doccia-WC, una piccola stanza per gli ospiti e una stanza che
probabilmente serviva allo zio come una stanza di lavoro con una
scrivania e scaffali pieni di file con dichiarazioni fiscali e
documenti aziendali. Su entrambi i piani c'erano vecchie scatole di
materiale che collezionava, dai giocattoli per bambini da
assemblare a innumerevoli CD, DVD e libri antichi, che
probabilmente aveva letto tutti. Le finestre erano adornate con
viticci, cactus e piante simili. Molti scaffali nel corridoio con cose
ancora più piccole che gli hanno reso la vita. C'era una credenza di

un antico contadino in cucina e sembrava appassionato di cucina per se stesso, come testimoniarono le quasi venti diverse spezie, e puzzava piacevolmente di pimento, curry e coriandolo.

Quando le due donne salgono le scale, trovano altre sette stanze, tra cui una stanza più grande, un bagno, un ripostiglio, la sua camera da letto sotto forma di una camera doppia aperta e altre tre stanze che ha usato solo come lavanderia o spazio di archiviazione per il suo usato Parti di computer, strumenti e simili.

Clara

Quest'uomo era organizzato in modo intelligente. Il suo caos era sistematico. È un po 'colorato qui, ma tutto aveva un significato e sicuramente sapeva benissimo cosa poteva trovare in quale posto.

Emma

Dobbiamo valutare ciò che resta dei mobili. Imballiamo tutte le cose tecniche in scatole se l'una o l'altra vanno in vendita. Continuerò a prendermi cura delle tante belle piante. Rinnoviamo tutto, poi vedremo.

Clara

Come sarebbe se facessimo solo un piccolo spazio quando chiedevamo alle persone in anticipo. Potremmo suggerire l'accordo per renderlo confortevole, e potrebbero ottenere un tetto sopra la testa e fare un buon pasto con un buon pasto.

Emma

So già che ci sono molte possibilità in cui esiste un bisogno terapeutico in questo ambiente, ma non ci sono abbastanza posti. Potremmo ospitare otto persone con noi.

Clara

Quindi buoni suggerimenti ... diamo un'occhiata all'ufficio di
assistenza per i giovani, alla terapia per i giovani dell'ospedale, al
ricovero delle donne, alla diakonia ... il nostro concetto dovrebbe
attirare la vostra attenzione sul fatto che offriamo qualcosa in cui le
persone non sono amministrate o inabili, ma piuttosto che Data la
possibilità di uscire dal loro pasticcio. Potremmo dover rimuovere
l'attico, quindi verranno create quattro nuove stanze.
Cominciamo subito ...

Le due donne si mettono al lavoro. Imballano tutto in sacchetti per
la collezione di abiti usati. Mettono tutti gli oggetti utilizzabili in
scatole in un capannone esterno. Vengono immessi sul mercato
online e vengono spediti gradualmente. Anche i mobili rotti
vengono messi da parte fino a quando non c'è tempo per
ripristinarli. La musica e i DVD raccolti vengono archiviati nella
memoria. Alla fine, lo spazio creato è carente per pulire le stanze da
zero. Dopo le prime settimane di lavoro domestico, i due stanno di
fronte alla casa e si abbracciano alla vista quando la nave è libera.
Quindi devi solo prenderti cura dei primi coinquilini.
L'idea prende forma.

Negli stivali di gomma

Emma sta facendo colazione con Clara.

Emma

Ho telefonato al rifugio delle donne. Stai parlando di una giovane madre e un bambino che hanno dovuto lasciare il suo ragazzo nel cuore della notte perché le condizioni erano insopportabili con lui. Ma il rifugio delle donne era sovraccarico. Tuttavia, la donna sembra ancora cercare un appartamento e si dice che dovrebbe lasciare la città a causa del fidanzato che la vuole forzatamente indietro. Si chiama Gitta Wagner. Il suo piccolo figlio si chiama Milano. Per la sua protezione e il miglior interesse del bambino, ha contattato prima l'ufficiale per le pari opportunità, che ha dato alla donna il tipo di prova con noi. Mi ha chiamato prima. Le raccontai i tempi dell'autobus interurbano con cui probabilmente sarebbe già arrivata qui, con suo figlio.

Clara

È fantastico. Allora iniziamo! Qui in casa c'è una stanza per le prime tre persone. Quindi presto cercheremo aiutanti e persone forti in modo che possiamo espanderci per coloro che stanno ancora arrivando sotto lo stesso tetto. So da un vecchio vicino che ha un debole per i letti per bambini antichi. Lascia che gli chieda se vuole offrirci un lettino della sua collezione, poi lo prenderemo questo pomeriggio. Facciamo un altro caffè. Forse andrò di nuovo a prenderci alcune cose dolci dal fornaio. Li farà sicuramente bene una volta distesi tutti e quattro, dopo la disperata ricerca di una nuova casa.

Quindi il telefono squilla. Risponde Clara. Dice una voce di donna.

Mi scusi, parlo con la signora Nickfinder o la signora Loretti ?
Sono la madre annunciata che cerca un appartamento per Gitta
Wagner. Siamo in mezzo al paesaggio qui e non so cosa fare. A
sinistra c'è una piccola casa di mattoni senza residenti, proprio di
fronte c'è il segnale di uscita, mi sono perso un po '...

Clara

No, hai ragione. Guarda la stradina sterrata a destra. Devi
percorrerlo, sta andando a casa nostra. Ma aspetta, sarò lì con te.

Clara, accompagnata dal suo Labrador, inizia a camminare e pochi
minuti dopo incontra la giovane madre con i suoi bagagli e suo
figlio per mano.

Clara

Moin, amore mio, Moin, piccola. Sono Clara Nickfinder. Per
favore, dici "tu". Quindi voi due siete arrivati sani e salvi qui.
Prima vieni in cucina, abbiamo caffè e torte e cioccolata calda per il
piccolo.

Accolgono i due e pochi istanti dopo tutti sono seduti al tavolo e si
presentano l'un l'altro. Anche Emma li saluta entrambi. Mentre
Milano mangia con piacere il suo cornetto al cioccolato, il cane di
Clara si sdraia ai suoi piedi e non si muove. Mettono una coperta di
lana colorata e un cuscino attorno al bambino e si offrono di
lasciarli cadere sulla piccola panca del tavolo. Il bambino si sdraia
e si addormenta dopo poco più di un quarto d'ora.

Gitta

Dovresti sapere che la ricerca dell'autobus e il viaggio lo hanno
stancato, e ora con il caldo cacao e le caramelle, Milano deve

addormentarsi sul posto. Ma possiamo parlarci in silenzio. Dorme come un sasso per le prossime due ore, stanco com'è.

Emma

Bene, allora dimmi come sei arrivato qui. Sembri una donna coraggiosa che cerca questa via d'uscita quando non vuoi più il tuo ragazzo intorno a te. Non tutte le donne partono e scappano quando c'è una crisi privata. Molti vengono a patti con tutto questo e vivono in dipendenza e loro e i bambini devono soffrire.

Gitta bevve un sorso di latte nel caffè.

Gitta

Quando mio padre mi ha cacciato via, ogni respiro di fiducia mi ha cacciato via, non conoscendo tutte le cose che mi hanno portato via da solo. Sapevo di conoscere solo la mia strada e dieci cavalli non mi avrebbero riportato indietro. Quindi da quando ho lasciato la casa dei miei genitori per undici anni, non ho esperienza. Ci è voluto solo un po 'per scoprire che questa volta avevo incontrato un ragazzo violento dopo che era diventato disoccupato e non riusciva a gestire l'alcol. Posso difendermi bene con le parole, ma mio figlio non dovrebbe crescere sotto tale immagine paterna. Quindi le cose stanno andando molto meglio senza suo padre. Non ho mai pensato troppo all'amore. Forse è il modo migliore.

Emma

Noi due siamo amici. Clara possiede la casa e la campagna. Ha ereditato. Pensiamo alla possibilità di accogliere persone diverse qui e di aiutarle a vivere una vita indipendente, ma lontano da ogni vincolo. Ciò significa che in realtà sono un insegnante di scuola materna esperto, ho fatto solo un corso ex-per il lavoro di custodia dei bambini. Possiamo espandere tutto questo un po 'di più, e all'inizio diventeresti il nostro primo compagno di stanza.

Gitta

Sembra promettente. Ma lasciami dire, non sto cercando una credenza religiosa. Odiavo trattare con estranei abbastanza quando dovevo lavorare. Non voglio andare al lavoro all'inizio. Ma aiuta un po 'qui, non è sbagliato. Ho dovuto remare per tutta la vita attraverso un paese che stranamente mi è sembrato molto solo. Conosco gente del paese. È come portare Madre Terra e i suoi figli con me ovunque io viva. E ogni volta che ricomincio, mi lascio alle spalle i vecchi veleni. E non mi fermerò. Nella migliore delle ipotesi, ritorno con mio figlio dove i bambini giocavano sulle rive quando i loro veleni non esistevano ancora, il che paralizzava la mia volontà e tuttavia la paura rimaneva.

Emma

Non devi più avere paura. Siamo inoltre garantiti di non essere assunti dalla chiesa e non imporremo una visione straniera della vita. Siamo felici di avere più persone che vogliono lavorare qui, volontariamente e non per la vita. Nessuno ha a che fare con la loro spontaneità e individualità per il nostro concetto. Spesso tutti dovevamo soffocare nella vita. Se lasciamo che le persone in cerca di aiuto vivano qui, ciò non significa che abbiamo anche bisogno del loro aiuto per mantenere vivo l'intero negozio. Tutti impariamo gli uni dagli altri. Tutte le figure, la fisica o le domande sperimentali non possono provare la realtà oggi. Se il tentativo fallisce. La paura della perdita non afferra un mostro.
Tutti portiamo con noi la nostra storia. Ma spesso le persone sono bloccate nel loro piccolo mondo. E sembra che il passato sia più in un sogno.

Emma

Il sogno di essere solo pelle a pelle non riguarda l'amore ma l'ingenuità. Solo il calore interno non è una passione.

Gitta

Perché in questi giorni devi crescere in stretto legame? Se nessuno in Kazakistan sapeva come stavo facendo, se il Sud America mangia diversamente. Se tutti sapessero quanto poca verità sia stata detta in politica, chi ha detto che uno sciocco voleva solo la propria opinione. Sono fuggito dalla mia infanzia, quando mi è stato solo tentato di essere incorporato in una bara, ma sapevo della mia situazione. Innamorato sono cresciuto verso la luce come l'edera, e oggi sono cresciuto ancora di più rispetto a quando ero bambina le mie foglie hanno iniziato.

Clara sente bussare alla porta e guarda. Quindi entra in cucina con Lenny, la vecchia vicina di Clara. Sussurra con molta attenzione per non svegliare il bambino e indica fuori. Clara punta in aria con un gesto compiaciuto -

Posso introdurre. Questa è Lenny Ostendorf, la mia vecchia amica dello Schleswig. Ha portato con sé il letto di Milano ! Lo portano di sopra e mostrano a Gitta la loro stanza che possono avere per se stessi. Lenny aveva anche ottenuto un materasso adatto e con un cuscino organizzato da Clara, potevano portare con cura il bambino nella sua culla. La notte non ha limiti. L'ombra limita dove mondi, esseri e cose scompaiono o riappaiono. Un mare di solitudine sta fermo con noi dove bussiamo. Svuota creativamente l'anima con devozione, ricevi il nettare di gioia ... e lasciati stupire come un bambino. L'amore dovrebbe nascere come Dio. La vita è amore per amare te stesso. L'amore capisce qual è la verità. Amare la vita e gli altri significa non smettere mai di cercare ciò che è vero e non mi

34

arrenderò, vita ! Voi quattro vi sedete la sera e bevete vino. Quindi Lenny guida cautamente e lentamente, un po 'brillo, sulla cosiddetta pista di rum meno conosciuta di tutti i tempi sulla strada, sperando di non essere fermata.

La mattina sarebbe arrivata presto. E per il momento, tutte e tre le donne cadranno nei cuscini stanche e contente, e poi il giorno successivo continueranno a cercare chi si adatterà alla loro comunità. Clara dà a Gitta un paio di copripiumini, asciugamani, spazzolini da denti, sapone e salviette per iniziare, e poi la porta si chiude dietro il suo nuovo residente. Presto tutta la casa dorme e il cane in cucina si sveglia sulla panchina con la testa sul cuscino, e poco dopo anche lui russa profondamente e con fermezza.

Il giorno successivo, Gitta e il suo bambino si divertono ad esplorare l'intera casa, compreso il cortile e la tettoia. Portano con sé il cane per camminare per l'intera area e infine coraggiosamente semplicemente percorrono un sentiero tra i nodi lungo il sole. Milano è elettrizzata e sua madre è felice quando riappaiono per pranzo.

Emma si sciacqua e Clara alza il telefono cercando di raggiungere il bambino e lo psichiatra adolescente all'ora stabilita.

Clara

Salve, signora Take. Sì, ecco Clara Nickfinder nelle capanne. Abbiamo già parlato del fatto che qui avevamo spazio per la vita terapeutica e volevano pensare se uno dei loro giovani avrebbe voluto vivere con noi in campagna ...

Signora Take

È così che va. In realtà abbiamo esigenze terapeutiche per una ragazza. Ancora di più, stiamo cercando una sorta di legame familiare per lei, perché ha solo quattordici anni e si chiama Maja Südersen, una volta nata a Süderbrarup. La ragazza sarebbe una sfida per te. Sua madre ha allevato cinque figli da sola ed è stata così sopraffatta che due bambini sono stati ritirati dopo essersi trasferita nello Schleswig. Peccato, ma secondo il nostro piano la figlia dovrebbe tornare con sua madre, ma Maja non vuole più andare a casa. Sta solo facendo sciocchezze. Prima di tutto non va a scuola. Quindi scappa regolarmente, bazzica per strada di notte, squilla agli sconosciuti nel buio, e fu infine attaccato e maltrattato da un uomo. La tua terapia qui in clinica è terminata. Ma ora è necessario trovare un posto per loro. Probabilmente ha bisogno di un po 'di distanza dalla sua famiglia.

Clara

Saremmo felici se Maja venisse da noi. Certamente non li deluderemo. Ma sono sicuro che ci vorrà del tempo prima che la sua piccola testa selvaggia tornerà al suo posto. Abbiamo anche un altro bambino più giovane che vive qui con sua madre e un buon cane. Proviamo, signora Take.

Signora Take

Le ho già fatto pensare all'idea e non ha paura di ricominciare da capo con persone strane in un posto completamente strano. Quando possiamo venire ?

Clara

Vieni con calma oggi. Abbiamo una bella stanza pronta per Maja. Che ne dici delle tre del pomeriggio ?

Signora Take

Ci sistemiamo, quindi lasciamo strappare alle vecchie corde e dare
alla ragazza un po 'di calore nel nido e speriamo che un giorno
venga, in modo che possa avere la forza di fare qualcosa contro la
vita da sola. Ringrazio la signora Nickfinder. Arrivederci. Saluti
anche al mio collega !

Le tre donne mangiano il loro spezzatino. Quindi Milano va a fare
un pisolino. E tutti aspettano con ansia fino a quando l'auto con la
giovane aggiunta si trasforma nell'ingresso del cortile e la signora
Nimm fa le valigie, Maja apre la portiera e le chiede di entrare in
casa. La ragazza sembra molto colpita, dal momento che il cane si
muove la coda scodinzolante e la saluta allegramente, e la casa e le
donne le sembrano un po 'grandi.

Emma e Clara si limitano a salutare la cucina.
Quindi lasciano cadere le borse di Maja e immediatamente si
siedono insieme al tavolo e si rilassano di nuovo quando il cane
cerca di legare con Maja. Questa volta Emma è la prima a lasciare
la riserva e parla subito con la ragazza.

Emma

Accidenti, probabilmente hai fatto mezzo viaggio intorno al
mondo. Forse prima vuoi arrivarci. Sono sicuro che ci sia ancora
molto lavoro in attesa della signora Nimm nello Schleswig. Puoi
essere sicuro che ci prenderemo cura di te qui. E se non ti va bene,
puoi chiamare direttamente la signora Nimm e troveremo una
soluzione per te, ok ?

Maja annuisce e basta. Guarda il cane, che la supplica per amore e
si siede proprio sotto il suo tavolo ai suoi piedi.

Emma

Senti, mi chiamo Emma, questa è Clara e il nome del cane è
Edwards. Ti ama già moltissimo, come puoi vedere. Gitta e suo
figlio Milan, che ha solo tre anni, vivono ancora nella stanza
accanto a te. Ma è un bambino adorabile. Dai, ti faccio vedere la
tua stanza, ti do la chiave e ti tireremo su le cose. Se hai fame c'è
un piccolo spezzatino che mi scalda, poi torni in cucina, ok ?

I due si alzano e vanno fuori. Mentre la signora Nimm rimane
seduta per un momento. Perché sta aspettando di discutere qualche
altra parola prima di Clara sulla situazione.

Signora Take

Dovresti sapere che se Maja non dice molto o inizia a balbettare,
andrà via. La conosco come una brillante narratrice e non dice
sempre la verità. Vede ancora la vita come un gioco e il suo
desiderio per le braccia della madre è grande, quindi può provare a
mettersi in relazione rapidamente mentre cerca una madre.
Non aveva un padre, ma i suoi fratelli non erano un solo uomo.
Quindi come avrebbe potuto scoprire una convivenza e come
funziona ? Deve imparare ad accettare che sta facendo meglio con
la verità nella vita e che non è solo amichevole con gli altri quando
si aspetta un vantaggio da essa, per dirla in modo lieve. Non voglio
dare la colpa a sua madre, ma è stata sopraffatta dai tanti bambini
da sola. Prima deve trovare la vera fiducia. Quindi lei lo farebbe
imparare a riflettere. Parla con lei di madre o padre. Fino a quando
non impara a essere consapevole della sua solitudine, ha bisogno
della forza per affrontare un vuoto doloroso, e affronta di aver fatto
un errore. Quando arriva il giorno in cui può parlare liberamente
della sua situazione liberamente, il gioco riconosce che stava
giocando con se stessa in anticipo.

Clara

Prenderò molto sul serio la tua situazione. Non è facile per una
persona così giovane traumatizzata capire cosa le ha fatto un uomo
senza essere consapevole del fatto che esiste il padre giusto, e sono
consapevole che alcuni non hanno mai avuto questo tipo di padre .
Lo vedo come una donna adulta. Mentre mi guardavo nei pensieri e
guardavo le mie ossa, notai con che frequenza si rompevano e
ricrescevano. Ho detto alla mia anima: taci e aspetta senza
speranza. Perché la speranza sarebbe speranza per la cosa sbagliata.
Sì, sarà una lunga strada per Maja, ma non la lasceremo sola.

Signora Take

Volevo dirlo. Bene, ora vado. Suggerisco di contattarci l'un l'altro
una volta al mese e di discutere di come vanno le cose con lei in
supervisione. In primo luogo, tuttavia, non deve mantenere i
contatti con sua madre. Quello sarebbe raccomandato.

Clara

Vogliamo solo il meglio per la ragazza !
Accompagna il terapista alla sua auto e le saluta.

Addio !

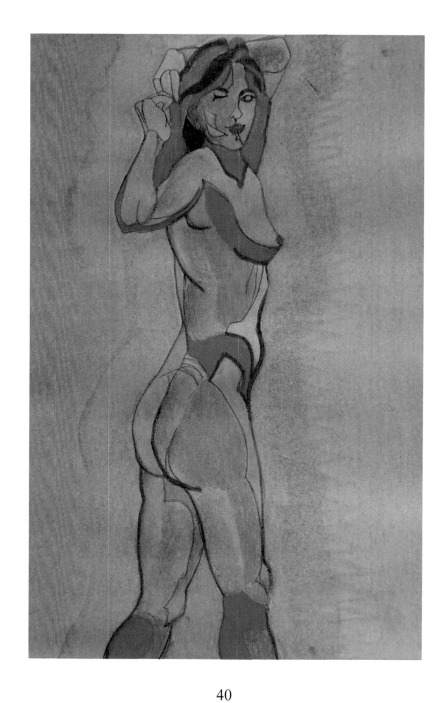

40

41

I prossimi giorni sono rilassati. Sono lieti di vedere che Maja si prende cura di Milano con calma e devozione, ed Edwards è anche estremamente interessato a prendersi cura dei nuovi arrivi del suo branco in crescita.

Un sabato tutti andavano al mercato a Schleswig nel furgone per lo shopping del fine settimana. Quando tutti escono, Emma urla qualcosa a tutti.

Emma

Dai un'occhiata in giro e ci incontreremo qui tra venti minuti in auto. Maja può prendere il cane, ok ?
Ti faccio vedere lo stand dove puoi comprare la sua salsiccia per Edwards, è preordinata a nostro nome, dì solo Emma, quindi capiscono a chi serve la salsiccia per cani.

Quindi tutti si spargono e camminano tra frutta, uova e verdure dappertutto.

Quando Clara oltrepassa le erbe del giardino, un giovane è sorprendentemente abbronzato con la sua chitarra che suona in una cassa di frutta. Lui la guarda dritto. I capelli neri sono cresciuti un po 'lunghi e si trovano con i suoi riccioli in ogni direzione. Lei nota una testa testarda. Forse poteva immaginare quest'uomo come un ariete tra le montagne, salire sul tetto della sua casa, allargarsi in mezzo al tetto e godersi la vista delle montagne, indipendentemente da tutte le persone che lo guardano. Ma è un po 'troppo bello per lei, pensa, ma vuole scoprire un po' il suo segreto e aiutarlo in viaggio. Lei gli sorride e poi parla -

Ciao, sono Clara. Probabilmente vieni dall'estero.
Dove vai se posso chiedere ?

Il musicista mette da parte la chitarra, piega un po 'l'angolo della bocca e risponde prontamente alla domanda di Clara:

Mi chiamo Michael Glockner. In effetti, vengo qui per caso oggi. È il mio modo di apparire senza preavviso ovunque. La voce del mio sangue mi spinge a incontrare nuove persone. Ma un giorno se trovo il mio posto dove stare, dovrebbe essere in un mondo migliore. Prima di allora, non mi coinvolgo da nessuna parte.

Clara

Sei molto infuocato per me. Ma sembra che tu stia bene, più di tutti quelli che si occupano solo della loro routine quotidiana solo per prendersi cura della famiglia. Devo solo dire che sono uno di loro. Ho iniziato una convivenza con la mia ragazza. È ancora agli inizi. Viviamo nel mezzo della comunità rurale.

Michael la guarda direttamente per un lungo momento. Dopo averci pensato, sorride con molta calma e fa un respiro profondo.

Michael

Adoro quando le persone provano insieme. È un onore conoscerti. Mi rende un po 'preoccupato quando mi guardo intorno, poiché per la maggior parte delle persone è importante solo ballare intorno alla propria casseruola, e solo allora ti rendi conto di quanto sia importante l'altra persona quando di solito è troppo tardi.

Clara

Vedo che sei una persona appassionata, altrimenti non ti presenteresti con la tua musica in tutta franchezza. Ma se penso così spontaneamente cosa ho in mente, vorrei chiederti se potessi immaginare di rinunciare al tuo senzatetto per un po '?

Siamo due donne che attualmente lavorano in una vecchia casa di campagna e hanno molto da fare. Per questo potremmo anche aver bisogno di ragazzi forti come te, in modo da creare più spazio e potremo spostarne altri con noi. Sto solo chiedendo senza alcun impegno ... che ne pensi ?

Michael

Sei fortunato. Sono appena arrivato e mi sento un po 'più di intrattenimento oggi ... quindi perché dovrei rifiutare la tua offerta. La casa è di tua proprietà ?

Clara

Sì.

Michael si raddrizza. Prende la sua piccola borsa di cuoio e la chitarra e cammina con Clara verso il furgone per aspettare gli altri. A poco a poco si aggirano attorno al bellissimo ragazzo e lo ammirano con gli occhi spalancati.

Clara

E questo, miei cari, è Michael, che vuole aiutarci nel prossimo futuro nel cortile. Può stare con noi fino a quando avremo gli uomini in questo mondo. Vedrai come possiamo rinnovare le stanze e per questo abbiamo bisogno di persone come lui che possano aiutare. Quando abbiamo comprato tutto, andiamo a casa insieme ...!

Emma parla ai passeggeri dalla ruota -

Proviamo a prendere almeno un giovane, quindi donne e uomini nella nostra casa si bilanciano. Abbiamo bisogno di mani molto più forti. Ma prima i posti letto sono occupati. Quindi potremmo rimuovere l'attico. Ora abbiamo la piccola camera per gli ospiti per un altro residente di seguito. A poco a poco, tuttavia, la vita entra in stallo. Si potrebbe dire che stiamo parlando di un tipo di società sociale. Lì il proverbio ottiene: "Il socialismo nel suo corso, non ferma bue o asino" un significato completamente nuovo !

Gli altri in macchina devono ridere a crepapelle.

Nel pomeriggio, le due donne hanno un po 'd'aria e si siedono al caffè in cucina per discutere di ciò che deve essere fatto.

Emma

Avrei avuto l'idea di avere un giovane forte, di più ... hai mai pensato di chiedere all'ufficio di welfare per i giovani? In un certo senso, ci sono un certo numero di giovani senza prospettive nelle loro comunità viventi come se fossero di guardia, e non si preoccupano molto di nulla, sono lasciati a se stessi, quasi come se lo stato tollerasse le stupidità delle persone fino al bambino cadde nel pozzo. Diventare criminale è molto facile se hai l'ambiente giusto.

Clara

Non male. Queste quote piatte in città sono probabilmente solo pochi passi in discesa per la gente. Potremmo davvero chiedere all'ufficio di welfare per i giovani se c'è qualcuno che può adattarsi a determinate regole e magari trasferirsi da noi.

Clara risponde al telefono. Sa già come scegliere direttamente la persona responsabile in quest'area e la annuncia. In effetti, qualcuno risponde al telefono.

Clara

Salve, signora Albertsen. Sta parlando di Clara Nickfinder.
Siamo una comunità terapeutica nelle capanne qui. Attualmente
stiamo provando i primi scatti e sembra funzionare davvero bene.
Stiamo ancora cercando un compagno di stanza maschile. Tutti
devono aiutare. C'è ancora molto lavoro da fare. Ecco perché
abbiamo avuto questa idea. Avremmo ancora una stanza degli ospiti
libera per consentire a uno dei loro giovani della loro abitazione in
città di unirsi a noi fuori. Da parte mia, ha già fatto alcune cose
stupide. Ma potrebbe imparare ad adattarsi in un gruppo, a
comunicare con gli altri, a mostrare il suo talento lavorativo e a
lasciar andare il passato. Come ti sembrerebbe ?

Signora Albertsen

Sai cosa ? Abbiamo un grande bisogno di tali alloggi. Se lasciamo
sempre i bambini soli con loro, e con il loro piccolo sostentamento
passano solo l'intera giornata a sognare, la possibilità che possano
prendere piede nella società scompare. Si sono anche abituati ad
avere un assistente sociale sempre a portata di mano troppo in
fretta. Ma liberarsi della propria sporcizia o vedersi come parte di
un tutto sarebbe un'opzione per alcuni. Vorrei solo fare una
telefonata con il lavoro di cura dei ragazzi. Ti richiamerò presto !

Clara rimane seduta, guarda Emma negli occhi e versa un altro
caffè. Passano i minuti ... poi suona di nuovo il campanello.

Signora Albertsen

Bene bene. Abbiamo un suggerimento. È Niklas Peersen, nata a
Leer. È cresciuto nelle circostanze più semplici, i genitori
alcolizzati. Le lingue madri che porta solo basso tedesco e frisone.
Non ha avuto voglia di andare a scuola ultimamente. Immagino che

il ragazzo possa davvero sbocciare nel loro paese! Di solito passa solo il tempo a fissare il vuoto o a consumare segretamente droghe leggere. Una volta ha fatto irruzione in un chiosco di benzina. Questo lo ha portato a noi. Ma sono sicuro che puoi ancora far brillare questo diamante non tagliato, e deve avere un desiderio tremendamente forte di amore.Niklas ha appena compiuto diciannove anni. Cosa ne pensi ?

Clara

Facciamolo e basta. Gli offriremo così tanto in termini di programma e occupazione e evocheremo così buon cibo sul suo tavolo che non può fare a meno di invecchiare un po '. Non penso sia ancora sera. Dovrà alzarsi con noi altrettanto presto, non importa quanto sia testardo. Lo riavremo. Perché no, il ragazzo poteva anche fare qualcosa su se stesso professionalmente se avesse ritrovato la propria strada. Fantastico, è una buona idea. Se vuoi, posso entrare in macchina con il mio collega e possiamo ancora immaginare Niklas oggi se è giusto.

La signora Albertsen ringrazia e la conversazione è finita.

Clara spiega la situazione a Emma. E nel pomeriggio di questa giornata, le due donne guidano verso Schleswig Busdorf a casa dei giovani. La signora Albertsen si trova di fronte alla casa ed entrano in una stanza dell'ufficio. La porta si apre finalmente e Niklas entra. Si siede alla tavola rotonda. La signora Albertsen inizia.

Sai, signore, posso presentarlo a Niklas Peersen e Niklas a Clara Nickfinder ed Emma Loretti di Hütten.

Niklas sorride un po 'imbarazzato.

Signora Albertsen

Lasciami schierare con Niklas. Non parla necessariamente molto. Ma è pienamente d'accordo con l'idea ed è molto impressionato dallo scambio della sua triste, incolore, attuale esistenza con un vero "Villa Kunterbunt"!

È giusto Niklas ?

Niklas guarda in tutti i volti e annuisce.

Emma e Clara lo portano in macchina, ripongono lo zaino e si allontanano. Niklas non guarda più Schleswig e guarda dritto alla sua nuova destinazione e puoi solo sentirlo sospirare profondamente ed espirare come se si fosse scrollato di dosso per almeno un sacco di anni in cui la sua vita non sembrava essere di grande importanza . Scendono nel cortile e lo portano nella stanza degli ospiti in basso, accanto alla cucina. Clara ed Emma sono visibilmente felici perché per ora sono complete !

Al punto cara

Vengono fatti i primi piani, come procedere ...
Ai ragazzi viene chiesto per primo. Anche Lenny, la conoscente di Emma, vuole aiutare. Prendono tutto dall'attico che sembra essere utilizzabile e lo trascinano nel cortile sotto il baldacchino della tettoia. Quindi si mette al lavoro. Con il rimorchio noleggiato, ronzano al negozio di ferramenta e acquistano abbastanza legna. Prendono in prestito tutta l'attrezzatura artigianale dai vicini e li trovano nel laboratorio del grande zio di Clara. Dopo che l'area di lavoro è stata sgomberata, posano le travi dappertutto e riempiono gli spazi vuoti con sacchi di sfere di argilla per l'isolamento, quindi ricoprono il pavimento con assi e, infine, mettono un bel pavimento in parquet.
Quindi dividono l'area in quattro camere da letto e un bagno e hanno creato partizioni con Rigips. Le travi della costruzione del tetto rimangono in parte semplici e in parte viene disegnato un soffitto con intonaco. Un muratore della città installa i servizi igienici per il bagno e lo fa scorrere per ultimo. Poiché le camere hanno una pendenza e l'altezza del soffitto è di soli 2,30 m al massimo, hanno l'idea di installare solo piccole finestre a basso livello a livello del suolo. Quindi i residenti potevano ottenere una vista diretta sul prato selvaggio dietro la casa dai loro letti con una splendida vista sulla terra di tre ettari dove volpe e coniglio dicono buona notte.

Mentre i sovrani maschi stanno facendo il loro lavoro, anche le bici delle donne sono ferme.

Emma e Clara vedono il bisogno di Maja di parlare e le chiedono di fare una conversazione a tre nella stanza.

Si siedono nell'angolo del divano e approfittano dell'ora per parlare con Maja dei loro problemi e farle sentire che non è superfluo.

Emma

Sai Maja, prima facciamo un po 'di fiuto. Non vogliamo
assolutamente metterti sotto pressione. Sappiamo che eri in una
situazione pericolosa speciale, che alla tenera età di quattordici
anni, che è ancora sulla tua anima da molto tempo. Riguarda l'unica
cosa che hai fatto nella vita che rimpiangi di non poter annullare.
E poi l'unica cosa che non hai fatto ma che avresti dovuto fare
anche tu rimpiangi, ma è troppo tardi per quello.

Maja

Mia madre ha fatto il trucco ... solo alla ricerca di un nuovo ragazzo
ogni tanto, mettendolo a letto per alcuni mesi, e quando è arrivata
la bambina, l'ha scritto di nuovo. Se non voglio andare a letto con
qualcuno per cinque euro, nessuno può proibirmi di trovare il
principe giusto nella vita che mi darà i bambini che voglio perché
lo so, al contrario quell'amore fa bambini.

Emma

Aspetta, Maja. Hai un certo piano, bene e bene.
Ma ti è successo qualcosa di grave e dobbiamo lavorare per evitare
che accada nella tua vita, giusto? È facile dire che le cose non sono
importanti poiché sono finite, ma sono importanti. In effetti, sono
solo loro.

Maja

... ma niente in mezzo è importante ...
Emma

Se avessimo fatto tutti qualcosa che sapevamo fosse sbagliato. O se non avevamo mai fatto qualcosa nelle nostre vite di cui ci siamo pentiti. Devi sapere che ci sono due donne nel tuo cuore, una che ti ha fatto male e una che ti ha deluso. Uno ti fa vergognare del tuo errore, che potresti fare, l'altro è molto gentile, molto, molto arrabbiato, perché ciò che vuoi non è ancora apparso nella tua vita. Ecco perché ti aiuto a chiarirti che impari a dominare i problemi solo quando ci lavori e investi energia in te stesso. È un tipo di lavoro che non puoi evitare. E capirai all'inizio che a volte puoi investire molto nella vita per raggiungere il tuo obiettivo, ma il tuo desiderio non sarà soddisfatto, anche se le tue aspettative erano diverse!

Maja si guarda intorno per chiedere aiuto.

Maja

Credo che tu sappia molto di più sulla mia vita di me, ma sto anche scrivendo il mio libro, vedrai ! Nessuno dovrebbe dirmelo solo perché mia madre è una cagna che non faccio meglio.

Emma

Ci prendiamo gioco di quanto sopra e ridiamo di noi stessi: abbiamo sempre gli sciocchi, i pazzi e i giocatori, compresi i perdenti, i pinocchi, i pagliacci e gli imperatori senza vestiti. Poi c'è questo tipo di uomo, quello di ogni donna, e in particolare dei giovani e inesperti come te, Maja, a cui piace Don Juan se riesce a farti andare in giro per il suo piacere e solo come togliermi un capo d'abbigliamento per sentirti sempre inutile in seguito, mia cara. Le cose inesperte stanno solo scherzando e vengono utilizzate.
Maja

Ma chi nella vita è sempre il cacciatore ?

Riesci a vederlo sui loro volti ?

Emma

Forse vederlo più così. Coloro che non conoscono ancora
abbastanza bene le persone, che non hanno ancora lavorato molto
su se stessi, possono facilmente supporre che l'altra persona lo usi
per i suoi scopi e lo offenda nella sua dignità. È una specie di gioco
leale senza periodo di grazia. Alcune persone vanno perché vedono
l'ignoranza della vita dell'altra persona, anche sui cadaveri, si può
dire. Quindi, dopo una piccola riflessione, è tempo di riprendere in
mano le redini e andare a scuola, prendere un lavoro, lavorare e
solo allora puoi dire che hai un impatto su altre esperienze di vita.
E ti prometto che solo quelli che faranno qualcosa per lui in seguito
saranno qualcuno che scriverà i suoi libri.

Maja

Ho incubi come questo, Emma. Ancora e ancora sto di fronte a una
città, una scala mobile e la guido, ma senza sapere cosa aspettarmi
lassù.

Emma

È un buon segno che stai sognando. Quindi il tuo cervello elabora
le esperienze. Se ricominciamo da capo prima di parlare di nuovo
la prossima volta, ora ti darò la mancia, prendo dalla mia mano
questo piccolo taccuino vuoto e questa penna a sfera e inizierò a
svegliarmi ogni mattina in futuro, davvero tutti i tuoi sogni per
trattenerlo. Mi piace parlarti dei tuoi incubi. Non sei solo !
Maja esce.

Fuori nel corridoio, incontra Gitta e Milano prima di scendere le
scale.

Gitta

Ehi Maja. Vogliamo uscire, vieni con noi ?
Cosa sembri così pensieroso ? Ho scoperto qualcosa fuori.
Potremmo divertirci molto se capisci. Non tutto è molto grave.

Maja

Bene, se non ti disturbo, voglio vedere ...

Vanno in cortile. Gitta va dritto al capanno e alza le braccia mentre
chiama.

Gitta

Ora dai un'occhiata a quello ! È tutta spazzatura superflua? Ma
penso in modo molto diverso. Questo è un vero tesoro. Avremo
sicuramente un anno intero se ci proviamo duro e otteniamo un po
'di ordine qui. La vita è benedetta Perché sono sempre stato un
cacciatore di occasioni. Capisci cosa voglio dire ?

Fruga un po 'e il suo entusiasmo è rinfrescante.

Gitta

La storia è in queste cose. Se lo diamo una piccola occhiata,
potremmo venderne molto sul mercato il sabato al mese. Mi ha
sempre rinnovato la mente di fare affari. E trasformiamo i vecchi
mobili che erano sul sottotetto in mobili utilizzabili che usiamo noi
stessi. Ci sono sicuramente cose sottostanti che possono facilmente
avere cent'anni. Puoi aiutarmi con quello. Risolviamo tutto ciò di
cui nessuno ha davvero bisogno e creiamo spazio. Quindi mettiamo
il bene sugli scaffali e scegliamo cosa può essere venduto.

L'anima di Gitta è felice. E sapeva che si sarebbero uniti ai
bambini. quindi per molti aspetti è stata una situazione vantaggiosa
per tutti. Forse Maja sarebbe uscita dalla riserva in quel modo,
pensa tranquillamente com'è.

Gitta

Vedi, se hai a che fare con cose così vecchie, è come se
la tua anima carica. È qualcosa che riempie la tua forza interiore,
allevia le tue preoccupazioni. Sei stato un po 'combattente per tutta
la vita. Se sei interessato alla vita, il tuo passato sarà riscattato.

Maja è rispettosa del disordine e guarda Gitta solo alla grande. Ma
la donna sembra avere ragione e si rende conto che è meglio
riflettere sulla sua gentilezza.

Cominciano a prendere le cose molto delicatamente.
Gitta cancella uno scaffale e mette tutto ciò che è utile.
Maja si guarda attentamente attorno al grande capannone.
Sembra loro come un altro mondo in cui si pensano.
Guarda attraverso le pareti di legno e attraverso alcuni spazi vuoti
luminosi i raggi del sole. Nel mezzo di tutto, sembra di dormire
nell'oscurità e immergersi in profondità nella terra degli spiriti.
Sembra che tu sappia molto in esso, come se fossi sveglio, solo che
qui i molti colori sono più chiari. Si sta riprendendo notevolmente
dal pensiero di essere arrivata a persone completamente normali e
di non dover più padroneggiare da sola perché pensava di essere
troppo giovane e troppo vulnerabile per fare qualcosa per
contrastare la vita.

Gitta

Non devi aver paura di tutti noi. Tutti vanno e vengono.

Ho sognato di provare a vivere insieme in pace, e tutti sarebbero stati gli stessi. Nessuna pressione, nessuna relazione che ti ha costretto a fare qualcosa, nessuna regola autoritaria. Ma lo spirito libero. Il tempo di andare d'accordo. E una bella giornata in cui tutti si rialzano in piedi a un certo punto.

Maja

Al momento ho brutti sogni. Di notte sono sempre in una foresta con estranei e nessuno parla. E devo sempre sopportare questa profonda oscurità fino al mattino e improvvisamente quando mi sveglio ho paura di aver perso tutti i denti. Questo sogno mi appare quasi ogni notte allo stesso tempo.

Gitta

Ti darò il tempo di fare pace con te. Decidi te stesso sulla tua vita. Ti dico che nessuno può prendere questa decisione da te. Ma dovresti sapere di avere un problema per il quale c'è un semplice aiuto. La verità è la tua compagna costante. Sii tutt'uno con lei.

Maja

Non ho mai avuto la mia idea del mondo.
Da allora, la mia più grande paura è stata che non avrei mai finito la scuola. E che la gente potesse vedere quello che ho passato.

Gitta

Immagina che ci siano donne come te e me che soffrono di una malattia molto incurabile e che riescono anche a ringraziare il proprio corpo, perché è sempre stato il tempio e hanno protetto e preservato la tua anima per. Ora è l'amico che non vuole lasciarsi andare da solo, ed è tempo che tu gli accetti e lo perdoni per la sua debolezza. So che non è facile percepire di nuovo il tuo corpo come amico come un giovane che ha già subito abusi. Ma corpo e mente sono una cosa sola. Come hai intenzione di andare avanti se ti lasci una parte di te? Conosci Yin e Yang, mia cara. Non devi continuare a pensare sempre le stesse parole. Finché ruotano in un cerchio, hai bisogno di riposo e distrazione. Iniziamo un po '. Una volta che abbiamo avuto la nostra attività sul mercato alcune volte, staremo meglio, Maja ...

Maja

Sono d'accordo. E grazie anche, farò del mio meglio.

Gitta cancella attraverso il retro del capanno.

Gitta

Guarda quello. Come se lo sospettassi, Maja. C'è qualcosa di veramente carino per te! Vedi, ci sono molte parti singole laggiù e sai cosa significa ?

Maja si guarda intorno e non vede l'ora di ricevere una risposta.

Gitta

Sì, in realtà ci sono quattro antiche sedie in legno. Devi solo rimetterli insieme in tutte le parti mentre si trovano in giro. Immagino che siano davvero molto vecchi e anche preziosi. Se ti piacciono alla fine, li terremo. Sono davvero meravigliosamente trasformati e decorati. Questo sarebbe un compito per te nel prossimo futuro, per trovare le loro parti, carteggiarle, incollarle di nuovo e ridipingerle e risvegliare tutta la loro magia che dormiva sulla vecchia soffitta ... sarebbe qualcosa per te ?

Maja

Jepp, le sedie sono davvero carine. Sarebbe divertente.

59

Il primo uccello catturo il verme

Lo stelo a cui i giovani amano si aggrappa è come la sillaba che è
annegata nell'aria afosa della sera al chiaro di luna. Non sono
sicuro quando la clessidra si rompe. Imminente perdita della mente.
La demolizione di un vecchio mondo, il cui ribaltamento non è
sempre regolare. Quando le persone si guardano negli occhi, i sogni
si sognano nei loro cuori.

Non è gioia. Tolleranza è la parola più abusata del mondo.
Sopportare - sopportare - soffrire di più. Questo è il gioco della vita
a cui la maggior parte è soggetta. Nessuno li conosce amor proprio
e conoscenza della libertà interiore, ma conoscono se stessi e la
capacità di decollare con gli uccelli, di provare dolore e tolleranza,
del talento di vedersi come parte di una comunità.

Emma e Clara hanno posto la prima pietra miliare per il futuro. I
nuovi residenti sono armoniosi. Tutti fanno bene il loro lavoro. La
costruzione della struttura di stoccaggio sta procedendo. Gitta tocca
Maja, che si diverte molto a preparare le sedie. Sono felici di tenere
tutte queste cose vecchie nelle loro mani e di offrirle sul mercato
nei fine settimana. Ciò che piace a Maja, lo porta nella sua stanza e
può tenerlo come promemoria dei segreti del passato. La fa sentire
connessa a tutti, a un'umanità a cui appartiene. Ci riesce perché ora
Maja può vivere il suo senso di famiglia mentre lo sognava.

Prima che i locali siano pronti, Clara prende Emma da parte e
suggerisce qualcosa.

Clara

Stavo parlando con un vicino questa mattina. Ha una figlia che
parla del suo compagno di scuola che è stato temporaneamente

ammesso a loro. Ma solo perché la famiglia non ha abbastanza tempo e spazio per lui, mi ha chiesto come sarebbe se potesse vivere con noi. Non può tornare a casa perché sta fuggendo dagli abusi familiari. Ma sta bene. Ma la sua famiglia sarebbe sempre stata lì per lui, e la figlia rimane amica di lui. Si chiama Leo.

Emma

Meno male che lo dici. Il nuovo posto sarà probabilmente pronto per il fine settimana. Quindi è ora di iniziare a cercare nuove persone comunque. Questo è giusto! Puoi dire al vicino che ci vorrà fino ad allora, ma Leo è il benvenuto a venire e non vediamo l'ora di vederlo.

La settimana passa rapidamente. L'attico è pronto. Lenny, Niklas e Michael mostrano con orgoglio a tutti il lavoro delle ultime settimane.

Lenny

Bene, come puoi vedere, abbiamo creato il nuovo posto. Ci vuole solo un po 'di lavoro eccellente, come la pittura e alcuni mobili e la gente può venire !

Clara

Non devi essere esigente, ma puoi almeno dire che è un inizio. Tutti possono trasferirsi, per i quali la sua vita è stata un singolo ululato. Qui nel gruppo a volte puoi essere triste e geloso. Forse qualcuno si sente anche come un nano nei confronti della sua vita. Ma ciò che la gente non si aspetta qui è che siamo eccessivamente critici nei suoi confronti o nel controllo, nel giudicare. La vita stessa è abbastanza scortese e irrazionale. Ma qui le onde dovrebbero attenuarsi di nuovo.

Emma

L'amore dice che la memoria è l'unico paradiso dal quale non puoi essere cacciato! Chiunque capisca a un certo punto che il modo migliore per imparare dalla vita quando hai trovato la pace e conservarla per gli altri è perdonare te stesso.

Michael

Che bello era la libertà di fare ciò che era proibito, di fare ciò che volevi contro la coazione !

Clara

Tutto ciò che è "buono" richiede un po 'di tempo ". Quindi dici tu. L'amore non è una Maserati e una storia d'amore costante, ma una Volkswagen, più semplice, più vecchia, forse arrugginita, niente di speciale, adatta solo per l'uso quotidiano se la tratti bene e ti prendi cura di essa. Impareremo tutti insieme ad andare d'accordo. Proprio come guardare le stranezze di qualcuno, le cose che ti infastidiscono dell'altro.

Emma

Diventiamo presto cinque uomini e cinque donne. È stata una buona scelta.

Decidi di acquistare armadi, tavoli, scaffali e sedie adatti quando acquisti e vendi mobili usati. Ciò che sembra ancora bisognoso di cure, metterli nel cortile e abbellirli secondo necessità ... hanno visto, incollato, carteggiato e ridipinto. È passata un'altra settimana e le camere sono pronte per entrare. Emma avvisa il vicino e Leo, che ha già contribuito a ripristinare i mobili, può dire addio ai suoi amici e finalmente trasferirsi. Con la sua borsa, la sua chitarra acustica e una spada vichinga nel fodero, sale le scale ed è elettrizzato.

Leo

Buono a sapersi cosa puoi fare con le tue mani! Poi vorrei prendere la stanza accanto al bagno che non ha vicini a sinistra o a destra e ha una bella vista sulla campagna dietro la casa. Avrei la mia tranquillità e certamente non disturberei nessuno con la mia musica comunque, scelgo solo angoli tranquilli dove non mi ascolti.

Clara gli dà anche una chiave della porta e lo calma.

Clara

Un cuore fatto d'oro arriva anche al punto in cui cerca riposo. Tutti hanno bisogno della distanza dai loro genitori. Non perderai sicuramente il tuo sorriso qui. Muoviti, vedrai, ne farai qualcosa. Non ci aspettiamo che ti fidi di tutti all'inizio. Dopotutto, abbiamo avuto tutti i giorni in cui non potevamo ridere. Quindi vai nel posto in cui inizi a mettere in discussione le cose. Le risate e l'ottimismo arrivano solo dopo. Nessun problema.

Leo la guarda pensoso per molto tempo, ma non sorride.
Sono entrambi in cima al telaio della porta mentre Clara non dice nulla per dargli il tempo di dire qualcosa da solo.

Leo

I miei genitori mi hanno portato fuori dal mondo reale, il che significa che vivo accecato dal caos. Vedo i miei suoni nei colori e inizio a guadagnare nuova pace nella mia arte. Per molti è chiaro ciò che si può vedere in generale, questo è ciò che la diversità significa per tutti noi. Ma la musica mi manda in aree più distanti.

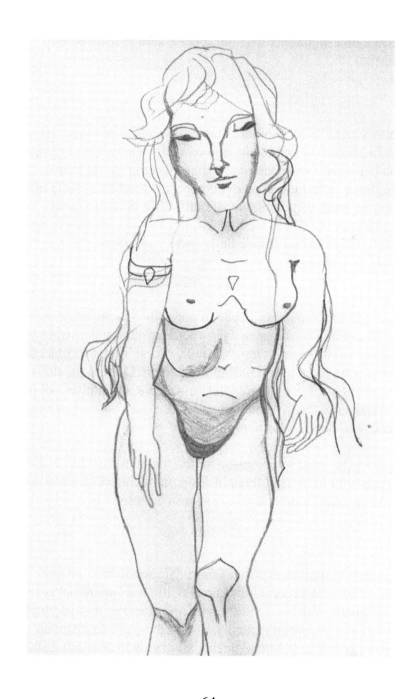

64

Devo recuperare tutte le mie capacità, ma so come. So che sarò diverso per tutti durante la mia vita e devo imparare ad affermarmi e quindi determinare qualcos'altro. Eliminerò le cose in tutte le forme dal limite della vita con la mia arte e inizierò a farlo domani.

Clara

Lo so. C'è la difficoltà iniziale di ogni giovane con qualsiasi esperienza di abuso, sia fisica che emotiva, come se, a peggiorare le cose, gli sia stata apposta un'iscrizione sulla fronte che dice: Fammi una vittima, che Lo sono davvero ! Ma posso rassicurarti sul fatto che ciò che costituisce lo status in determinate condizioni di apporre il timbro su qualcosa di diverso è considerato matematicamente corretto. Nel corso dell'età adulta, dobbiamo tutti imparare a far giocare gli altri in modo che noi stessi possiamo diventare parte di ciò che l'umanità chiama se stessa.

Leo

Invece di superare una domanda razziale, nonostante la diversità delle nostre origini, mi pongo la domanda ogni giorno, non dovrebbero avere tutti la speranza insieme ?

Clara

Dopo tutto, tutti sognano la giustizia. Non erano tutti d'accordo ?

Leo

Qualunque cosa mi sia stata fatta in famiglia è altrettanto punita. C'è silenzio, la vita mi ha lasciato senza parole.
Rimasi lì per molti anni in cui non ci doveva essere alcun suono.
Ma da quando ho lasciato, e così spesso ho cercato di fuggire da loro, sono sopravvissuto mentalmente. Ecco perché immagino

com'era la mia vita di notte quando non c'era voce, quando non riuscivo a trovare parole per la vita!

Clara

La cultura di tutti vuole dominare, ma spinge sempre gli altri al limite e li pone al livello più basso. L'adattamento alla dipendenza è il modo per condannare. Questo ci uccide solo mentalmente. L'apparente innocuità contribuisce a malapena al meglio e la presunta essenza si riduce,
e la capra si trasformò in un giardiniere. Come se un bambino dovesse intervenire per il matrimonio di un genitore senza amore e diventare un prestanome per loro o addirittura un bidone della spazzatura mentale ... Non tutti hanno la sensazione di quando vengono abusati o di allontanarsi da questa zona di pericolo devo. Bene, non c'è bisogno di preoccuparsi, ma esplorare l'amore è ancora un'avventura oggi. Come donna, dico quanti stupidi angeli potrebbero ancora essere scopati con uno sconto e come sono scivolati tra le dita, ne parliamo ancora oggi come sempre.
Molto tempo di vita viene spesso sprecato nel cercare di incolpare se stessi, facendo gli stessi errori più e più volte e occupandosi di se stessi. È come un circolo vizioso fino a quando non impari a uscirne.

Leo

Interessante, Clara. Dal tuo punto di vista, in realtà mi sembra di non essere completamente solo in questo mondo.

Clara

Quando ripenso alle mie giornate della giovinezza, prima che qualcuno mi parlasse della lunghezza del suo pennello, ho misurato i ragazzi con quanto sfarzosamente hanno mostrato di nuovo la loro simpatia, e ho iniziato a sospettare che non sarebbe stato lì presto scopri dove è diretto.

Leo

Grazie. Hai partecipato al mio argomento. Sento di essere arrivato qui prima ancora di pernottare. Ci penserò. E scoprirò cosa sto cercando, su cosa devo lavorare nei prossimi anni.

Clara

E so che hai già trovato la tua strada.

Leo la guarda sollevato. Quindi Clara si allontana e lo lascia arrivare, sapendo che non lascerà Leo nell'incertezza o nella disperazione. Ritorna giù per le scale fino alla cucina di Emma per parlarle degli eventi della giornata davanti a una teiera. Quindi gradualmente un giorno finisce. Il cortile si ferma e le ultime luci si spengono. Edwards è raggomitolato sulla sua soffice coperta in panchina e dorme. Tutta la casa ci dorme.

Emma sta prendendo il caffè la mattina presto con Clara quando Emma apre il pavimento -

Sai cosa mi è stato detto ?

Clara

No, ma mi dirai ...

Emma

Potremmo provare un giovane di nome Florian Mertens. È stato completamente ricoverato in ospedale dalla sua vita e in realtà si è sempre trasferito da un dormitorio all'altro senza essere mostrato una volta nella vita reale. Una volta si diceva che vivesse in un ospizio per i moribondi da otto anni, fino a quando qualcuno finalmente gli disse che non era il significato della vita per lui! È molto sovrappeso, il che suggerisce l'assunzione di potenti farmaci psichiatrici e non sembra essersi mai mosso davvero.

Clara

Quindi potremmo almeno supporre che gli piacerà il nostro cibo ... Hahaha.

Quanti anni ha ?

Emma

Meno di trenta ancora.

Clara

Tuttavia, questo è chiaro. Lo tireremo fuori dalla sua stalla buia e stantia per primo. Fuori al sole. E deve finalmente provare la grazia di entrare in contatto con persone normali e avere la sensazione di avere anche una mente pensante sul suo corpo. Forse un giorno riusciremo persino a fargli fare un lavoro che lo confermerà. Vedrai quanto velocemente si accende una luce, che tutta la sua vita è ancora davanti a lui e che altre persone possono condividerla.

Emma

Pensi esattamente come me. Portiamolo fuori di li '. Anche gli educatori di uno dei numerosi dormitori dello Schleswig pensano che sia tempo di dargli una possibilità prima che si mangi o muoia di conforto e inattività.

Sei al telefono con il dormitorio di Florian. L'educatore è elettrizzato e annuncia immediatamente un appuntamento con Hütten insieme a Flo.

Quando una piccola VW Polo verde è parcheggiata davanti alla casa, Emma e Clara sono già nel cortile e attendono il loro nuovo ospite. L'educatore e Florian seguono entrambi in cucina per caffè e pasticcini.

Quindi la performance può iniziare.

Clara

Moin, signora Meggers. Benvenuto Florian! Questa è la nostra umile casa. Potrebbe essere tuo per un po '.
Prima di tutto facciamo un piccolo tour in modo da sapere come stanno andando le cose qui, quindi vorrei anche mostrarti il cortile e la trama dietro la casa. E infine, ci sediamo qui al tavolo e discutiamo di come immagini il tuo futuro, ok? Voglio dire, il primo uccello prende il verme. E sei ancora abbastanza giovane e fresco. Vedresti che solo i giovani vivono qui e persino un bambino. Forse sarebbe un'opzione per assumere il lato piacevole della vita, non l'albero della gomma nell'angolo ...

Visto in questo modo e non diverso, Florian segue gli altri attraverso la casa fino alle stanze vuote, le cui pareti sono state persino dipinte da Maja in colori pastello e calde tonalità turchesi o giallo-arancio, un bagno piastrellato blu scuro e un pavimento meravigliosamente nuovo, che non molti sono ancora entrati.
Quando guarda in una delle stanze, apre gli occhi.
Non sono semplici letti in legno. No, hai costruito una specie di deposito con argilla e sopra hai messo un semplice tappetino di paglia, cucito in tessuto di cotone con fodere a scacchi bianche e blu, un lenzuolo e un piumino con un soffice cuscino. Nella stanza

69

c'è un tavolino con due sedie, uno scaffale a muro per i libri e un armadio in pino per il bucato vicino alla porta. E la cosa più bella è che la finestra sotto il pendio con il letto è quasi ad un'altezza sdraiata, da dove avrebbe ancora la vista all'esterno mentre era sdraiato e poteva persino guardare il sole e gli uccelli sulla grondaia. Vanno a visitare le stanze della casa, gli mostrano i giardini e tornano al tavolo della cucina.

Florian non dice quasi nulla per tutto il tempo.

Signora Meggers

Quindi vai avanti, Florian. È un'opzione? Finalmente ci sarebbe la possibilità di permetterti la vita. Potresti lavorare qui, magari in cucina. So quanto ti piace mangiare. Quindi potresti metterti alla prova. E presto diventeresti un vero figlio del sole !

Florian è così senza parole che beve un sorso di caffè, morde i suoi pasticcini e non si stravolge un angolo della bocca. Ma dopo una pausa apparentemente infinita, durante la quale si potrebbe quasi sentire tossire le pulci, decide di dire addio alla sua vecchia vita e dice solo con uno sguardo spudoratamente abbassato -

Sì, certamente.

Mentre tutto procede senza intoppi, la signora Meggers riporta Forian nel dormitorio e prepara le sue sette cose. La sera lo porta a Hütten e Florian si trasferisce nella sua stanza, dove il sole della sera scorre calorosamente attraverso la sua finestra e lo accoglie in lunghe onde di luce e ombra in un'atmosfera sommessa.

Emma guarda Clara. Sai -

Flo è arrivato.

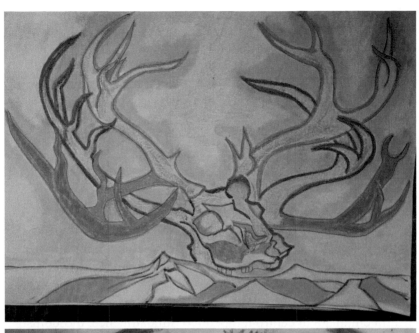

Emma

Se siamo onesti, aggiungeremo un uomo e una donna a casa nostra.
Andrò in giro per l'ospedale pediatrico per vedere chi si adatta
meglio al paese. A volte anche qualcuno di questa zona che ha solo
il problema di uscire di casa ed è disorientato o che lo sa, può
essere scivolato nella scena della droga. A volte possono esserci gli
uccelli più intelligenti che possono essere aiutati a rimettersi in
piedi una volta che hanno avuto successo nella loro terapia e
conoscono i loro problemi.

Clara

Cos'altro è giusto per il giovane: una bocca selvaggia e solo due
gambe lunghe non ce la fanno. E nemmeno il bell'aspetto da solo
ha liberato nessuno dai senzatetto. Daremo un'occhiata in giro.

Un'altra chiamata al centro terapeutico dimostra che c'è ancora
bisogno di posti nell'aria per i giovani avventurieri che devono
essere avvisati di non riportarli alla loro precedente situazione
domestica. Emma e Clara vengono convocate per parlare con un
cliente e vanno rapidamente nello Schleswig per chiarire la
situazione. I due anelli Un supervisore si apre e vengono condotti
in una sala riunioni dove il terapeuta li sta aspettando.

Clara

Ciao. Clara Nickfinder mi chiamo e collega Emma Loretti.
Vorremmo conoscere uno dei loro giovani e sono venuti
all'appuntamento, chi è, signor Ulsnis ...?

Mr. Ulsnis

Prima di tutto, signore. Ti presenterò una giovane donna tra un momento. Viene da molto vicino, da Kropp vicino a Schleswig. Come diciamo sempre, abbiamo a che fare esclusivamente con intelligenza elevata. Ma finché non vediamo che i diamanti macinano e le personalità intere e formate si sviluppano dai nostri giovani, ci vogliono una varietà di approcci per aiutare questi problemi. I moduli terapeutici includono anche i cambiamenti di posizione da parte del clima o dell'ambiente. Abbiamo aiutato la nostra cliente a percepire il suo corpo come suo, andando in piscina con gli altri e ricevendo massaggi. Ha anche ricevuto un piccolo consiglio nutrizionale su sua richiesta, poiché all'inizio non consumava quasi nulla. All'inizio, si è rifiutata rigorosamente a causa della sua carriera di droga, motivo per cui anche la sua famiglia l'ha respinta. Ma lei rifiuta di usare droghe più forti, che ho definito buone. In terapia, è stata in grado di convincersi con successo di avere un problema di droga e in una sorta di educazione sanitaria ha finito per vivere una vita che avrebbe permesso a una mente chiara in un corpo sano solo se in futuro avrebbe potuto fare tutto Pone problemi nella vita invece di scappare da esso. Pratica il suo rilassamento mentale nella terapia di rilassamento muscolare meditativo. Non posso e non voglio dire altro in anticipo, perché penso che ora dipenda da quanto Susanne Gielow stessa si esprima sulla sua situazione e osa iniziare senza l'influenza dei suoi vecchi "amici" che hanno iniziato la pubertà all'inizio condiviso con lei.

Clara

Bene. Sentiamo cosa ha da dire Susanne al riguardo !

Il signor Ulsnis lascia la stanza brevemente e chiede a Susanne di entrare. Lei lo segue e si siedono insieme per iniziare la conversazione. Clara ed Emma descrivono brevemente la loro fattoria nelle capanne. Ulsnis elogia Susanne per il suo sviluppo. Poi vengono a parlare poco dopo e chiedono loro come immaginano il loro futuro.

Susanne si siede tranquillamente nel gruppo e inizia -

Non conosco tutta la mia vita al momento, ma almeno so dove non sto andando.

Quando la teoria dice che un oggetto che intende fare un viaggio deve scoprire che il suo atomo è già arrivato in quella posizione prima di decidere di partire. Mi capita di vederlo come se la mia vita amorosa fosse iniziata con una certa dedizione. Ma ascolto il mio cuore, che è ancora abbastanza giovane da trovare una sosta senza i miei genitori, cioè per seguire la mia strada, anche dopo che sono scivolato. Ma nel corso degli anni sono diventato abbastanza duro da combattere ancora più duramente per ciò che amo.
Puoi dire che quando lo consideri, scopri che il mondo è più folle e che i filosofi possono risolvere i problemi prima ancora che si presentino. Finché nessuno mi dirà cosa significa la vita fino a quando non lo scoprirò da solo, e nessuno dovrà parlare dopo la mia bocca selvaggia solo per convincermi del contrario. Da ora in poi conosco solo i miei principi. Sto cercando una casa tutta mia, lontana da quelli che mi hanno riso così tanto, che si sono alzati con me la mattina nel luogo in cui sono cresciuto, ma dove tutti stavano solo cercando di essere la prossima persona a stare con me la sera le piume rimbalzarono.

Sono solo fenomeni apparentemente irreali che gli umani cercano di compensare in una relazione solida quando si innamorano. Ecco perché so che questo giorno arriverà quando passerò alla storia come un petardo appassionato e oserò dire che vale sempre la pena rinunciare alla tua vecchia casa un paio di volte, andare sempre avanti e avanti, come ti aspetteresti da me si sarebbe aspettato. Solo allora puoi trovare sollievo. E anche se hai già visto che non devi essere perfetto.

Clara

Quindi iniziamo. Sei il benvenuto nelle capanne con noi e non sarà a tuo danno, coraggiosa Susanne.

Quando tutti sono tornati nel cortile e Susanne trova la sua stanza e la gente deve conoscerla qua e là, arriva Lenny.

Lenny

Ragazzi, ho il desiderio di un cuore. Mio cognato è un informatico nella sua vecchia professione ed è attualmente un autista di autobus interurbano. Ha un disperato bisogno del figliastro dal primo matrimonio di sua moglie, posso dire una bambina. Sta solo sdraiato nel suo buco nel seminterrato, trascurato e non lavato, sfacciato come un moccio contro sua madre e non è disposto a cercare lavoro, anche se è stato a scuola per sei mesi. Rimasero in contatto con il suo vero padre, ma lui si contorse completamente e incitò il ragazzo. Gli presenta vestiti e smartphone costosi, giochi per computer e tutte le costose attrezzature che arrivano sul mercato, influenzando suo figlio rendendolo aggressivo nei confronti di sua madre e del suo nuovo partner. Il bravo signor Söhnchen è così difficile da educare e convinto di se stesso che in realtà crede che questa sia solo una parte dell'educazione per trarre vantaggio dagli altri. Non potresti accoglierlo ?
Sua madre è completamente alla fine del latino …

Emma

Un ribelle senza mente che sembra avere una mente più grande di tutti gli altri. Sai cosa, lascialo arrivare qui. Incontrerà persone qui che sono state davvero tutte nella merda e che sono grate per aver ricevuto una seconda possibilità. Tutti fanno del loro meglio qui. E se questo gentiluomo ... come si chiama ?

Se pensa che il mondo si sia comportato solo secondo la sua immaginazione e che tutti abbiano ballato secondo la sua pipa, allora è sicuro di essere convinto del contrario. Quindi potrebbe essere una lezione per lui qui ...

Lenny

Grazie Dio. Si chiama Ben Gargarin ed è davvero qualcosa di molto speciale ... Afferma persino a sua madre che sarebbe cresciuto meglio in un insediamento scadente che con lei e che tutto il suo polverone preoccupato gli pendeva sul collo.

Emma

Qui almeno un gruppo di persone lo attende, la cui tranquillità dipende dal fatto che nessuno si metta al di sopra di tutti gli altri. Solo quando qualcuno è difficile da educare c'è effettivamente bisogno di un po 'di educazione. Non ha nulla a che fare con il denaro o l'origine. Anche i suoi occhi si apriranno presto. Vedi che lo rendi appetibile per la sua famiglia e domani mi porti il simpatico compagno. Se si trasferisce, sarà l'ultimo che ha ancora un letto libero qui. Quindi sarebbe stato davvero fortunato!

O si ! Non era difficile indovinare che Ben accettò il suggerimento. Ora era sulla barca.
Emma

Proviamolo con lui. Stava quasi sempre in piedi tra le porte, a Ben manca una sosta, e la sensazione di essere pienamente notato, con gli errori che si fa per primo. Probabilmente è il suo desiderio per suo padre, e la madre ha esagerato il suo ruolo nel fare sempre tutto secondo la sua coscienza migliore. Ma un bambino che chiede amore non può non solo essere nutrito materialmente !

Se solo potessimo
la nostra stessa tribù -
Come sarebbe ?

Non lo so.
Non conosco affatto donne americane nelle tribù.
E non conosco la loro conversazione nella loro lingua.
Non è facile lasciare che le persone si uniscano con le loro diverse
forme di vita, opinioni, passato, credenze, generazioni o intelletto.
Chi sa come europeo come riunire il popolo americano a un livello
quando vedo quanto sono difficili gli europei ? Direi solo che Dio è
il dio di tutti. E sono tutti i signori, le donne, gli dei e le dee che
vogliono essere se credono solo in se stessi e si amano.
Questo è importante oggi e non il tentativo di preparare una zuppa
mista in cui si perde l'individualità. Si tratta di un'umanità globale
che vuole presentare in modo indipendente, chissà che il futuro sia
possibile solo se le persone senza fede imparano l'una dall'altra
perché la comprensione parte dal cuore e non da Dio, che può
esistere solo qui. Oggi la società sembra uccidere tutta la verità,
tutta l'onestà del pensiero, persino i pensieri difettosi che hai avuto
tanto tempo fa. Si proclama, più grande di te individuo, intende
farti pagare per le tue debolezze e farti pagare per essere umano. Ti
hanno lasciato dire questo in pubblico.

Se nevrotici
vuoi due cose reciprocamente esclusive allo stesso tempo,
allora sono nevrotico come l'inferno.

Vado avanti e indietro tra uno
cosa che si escludono a vicenda
e un altro per il resto dei miei giorni.

La follia degli adolescenti, gli individui dell'umanità, non ha
bisogno di scienza, arte, guerra, ma ha bisogno di soddisfazione per

tutti. Se ogni persona si comportava come il dio di altre persone, avrebbe incontrato l'altro come un lupo fino a quando non avesse saputo chi fosse l'altro.

Alcune persone trascorrono tutta la vita a formulare verbalmente il loro cervello e le loro repliche anatomicamente corrette senza perdere il filo in una ricerca permanente della conoscenza intricata.

Quindi faccio questo !

Le persone sono in realtà pagane. Anch'io.
Faccio parte di tutta la natura. Le rocce, gli animali, le piante, gli elementi sono i miei parenti. Altre persone sono le mie sorelle e i miei fratelli, indipendentemente da razza, colore della pelle, età, nazionalità, credo o preferenze sessuali.

La terra è mia madre e il cielo è mio padre.
Il sole e la luna sono i miei nonni e le stelle i miei antenati. Faccio parte di questa grande famiglia della natura, non il padrone di essa. Ho il mio ruolo speciale da svolgere e cerco di interpretare quel ruolo al meglio delle mie capacità. Cerco di vivere in armonia con gli altri nella famiglia della natura, trattare gli altri con rispetto, non abusarne ...

La ruota della vita non si ferma mai.
Tu vieni e vai tutti i vivi.
I tuoi spiriti non sono fantasmi per me
ma esseri,
chi fa la sua parte
e offrire la mia o la loro protezione.
Ma la forma di incontrare la mente nella paura
svenire e chiedere troppi.

79

Dal Gatto Cane al Villa eterogenea

Quindi tutti i ragazzi e le ragazze sono arrivati nelle capanne.
Non c'è costrizione a fare il lavoro in anticipo.
No, Emma e Clara hanno chiarito a tutti che sarebbe molto bello se
ognuno di loro riuscisse a trovare un lavoro abbastanza pagato
appena possibile, perché anche il loro duro lavoro è stato premiato.
Entrambi sanno troppo bene che ci sono abbastanza centri di cura
che rendono la loro clientela non retribuita e che sono ancora
autoritari nel loro stile. Ma le donne stanno lontane dallo stile
tradizionale del campo di lavoro, che offre alle persone solo la
possibilità di essere confortate dal pastore della congregazione e di
accettare tutto senza critiche.

Quindi Gitta si prende cura di Maja e sviluppano le loro abilità nel
restauro di vecchi mobili, per cui Maja rappresenta la sua teoria
personale nel trattare i colori.
Dà loro un personaggio e, con il giusto colore, trova un ambiente
che può essere adattato alle persone. Quindi crede che il blu sia un
colore di protezione e possa dare forza. Ad esempio, il rosso
rappresenta l'amore, il romanticismo e l'energia, ed è anche per
affetto profondo e di natura sessuale. Rosa parla di armonia,
amicizia e autentica magia, nonché amicizia tra donne. Il giallo ha
un effetto curativo ed è una magia del sole, o arancione
l'opportunità che viene sfruttata per ottenere guadagno materiale o
per sigillare un incantesimo e sviluppare attrazione. Con il colore
marrone scuro, sei in grado di chiamare benefici, garantire la pace a
casa e lasciare parlare le erbe. Silver parla per denaro veloce e
magia lunare. Il bianco è sinonimo di pace mentale e correttezza,
così come purezza e magia devozionale proveniente dall'est. Il
grigio accentua la lucentezza e la gloria. Con questa conoscenza,
Maja iniziò a dipingere vecchi mobili con erbe e fiori, proprio
come la pittura del contadino. Anche i vecchi specchi sono dotati di

una cornice di legno e dotati di pietre, legni e conchiglie. In tutti questi colori naturali, si fonde in modo tale che sembra dimenticare completamente le esperienze che ha avuto e l'intera casa è adornata con armadi meravigliosamente decorati e decorati. Mentre Gitta è un rivenditore. Può contrattare e ha sempre l'ultima parola. Vende e compra di nuovo occasioni utilizzabili. Quindi il capannone non viene mai completamente saccheggiato, ma costantemente cambiato con beni che escono e che rientrano. Susanne trovò una cassa bassa e vuota dietro la tettoia e la scoprì come un ex pollaio. Quindi ha insistito per ottenere nuovamente le galline e si prende cura diligentemente degli animali e porta sul tavolo meravigliose uova biologiche. Niklas ha già dimostrato le sue abilità in soffitta e ha vinto il suo amore per la lavorazione del legno. Di recente ha quindi iniziato uno stage con un falegname e un roofer. E non rifiuta di aver trovato la sua professione per il futuro.

Il bellissimo Michael sembra ancora apprezzare la corte. Si rende utile qua e là, dentro e fuori, ripara l'uno o l'altro e raddrizza le curve intorno alla proprietà, taglia siepi e cespugli, raccoglie le pietre dal campo di patate e le accumula nelle curve, taglia il legno, vende le talpe, creando così la possibilità di creare un piccolo orto agricolo per erbe aromatiche e tè su una piazza.

Florian, che tutti chiamano semplicemente Flo, è in cucina ogni giorno. Probabilmente perché ama anche mangiare e mangiare bene. Ma cucinare e lavare i piatti per tutti e mantenere pulita la cucina è fisicamente impegnativo. Impara anche a cucinare. Leo ha bisogno di tempo per se stesso. Va in giro e si stabilisce qua e là, suona la chitarra e scrive le sue canzoni. Non ha ancora la fiducia di essere tra le persone. Quindi gli permetti di affrontare poeticamente le sue esperienze d'infanzia e gli dai il tempo, non importa per quanto tempo, fino a quando non vuole essere volontariamente tra gli altri. Il cane è di solito il compagno più fedele di Milano. Il bambino ha un compagno di giochi con lui e adora portare le uova dal pollaio in cucina quando le trova.

Presto sarà tempo per lui di andare all'asilo.

E sarebbe anche un sollievo per Gitta sapere che suo figlio sta imparando a trattare con altri bambini e che può prendere fiato per una mattina. Se non fosse stato per Ben Gargarin, l'uomo più gentile. Non vuole affatto alzarsi dal letto ed è riluttante a stare in compagnia. Odia adattarsi agli altri, per così dire, e dà una risposta scattante, se non del tutto.

Se non lo trovi, è possibile che stia sdraiato da qualche parte nel campo dietro il riverente e dorme. Lascia cose che potrebbe effettivamente fare. Si comporta come se tutti gli altri fossero lì solo per sollevarlo dai suoi obblighi perché, come lo vede, sono anche abbastanza stupidi da farlo. Quindi gli altri cercano di convincerlo a diventare attivo invece di restare solo ostile. Un contadino del quartiere deve raccogliere le barbabietole quando gli viene chiesto di aiutare l'agricoltore, perché nessuno è libero di sognare chi e cosa vuole. Ma invece di trovarlo al lavoro, gli altri lo scoprono sdraiato dietro il suo nodo.

Emma pensa a Clara come procedere con Ben.

Emma

Dobbiamo spiegargli che può avere un futuro con noi solo se include se stesso e si assume la responsabilità del suo ordine e del bucato. Se rifiuta, lo abbandoneremo senza ulteriori indugi.

Clara

Finora, ci è costato solo nervi. Dovrebbe sapere che non è cresciuto qui, ma deve comportarsi in modo adulto. In che altro modo vuole essere chiaro quando lasciamo andare tutto
?

Emma

Deve entrare in una sorta di lavoro e imparare rapidamente cosa significa lavorare. Certo, anche questo gli sarà premiato.

Quindi ti abbottoni fino al bravo ragazzo.

Emma

Siamo venuti qui perché vogliamo darti un ultimatum, Ben. Non pensi di lavare, asciugare o pulire i tuoi vestiti, tutto è solo in giro, la biancheria bagnata rimane nella macchina, i cesti rimangono pieni della biancheria sporca per settimane. La spazzatura è in ogni angolo della stanza. I piatti rimangono lì e non scendono in cucina. Non pulisci il bagno quando è il tuo turno. Non hai aiutato l'agricoltore come promesso. E ogni volta che sei cercato, sei scomparso da qualche parte. Nessuno riceve una risposta ragionevole e amichevole da te. O sei solo lì e non parli con nessuno o stai andando e non sappiamo da quanto tempo o dove stai andando ... Tutto questo è sbagliato. Che ne dici ?

Ben

Sai sempre tutto meglio ? Dopo tutto, sono cresciuto abbastanza da scegliere per me stesso. Non sei mia madre.

Clara

Ma pensiamo che questa condizione sia intollerabile qui e ora. Tutti coloro che vivono qui sono attivi in qualcosa che considerano utile e buono per se stessi. In una comunità è di moda essere avvicinabili e prendere parte al lavoro quotidiano al minimo in modo che l'altra persona non sia danneggiata. Tuttavia, non intendiamo spiegare a Gargarin ogni passo che sarebbe dato per scontato nelle persone adulte.

Emma

Non sei un fantasma più grande di tutti gli altri qui, ed è per questo che i privilegi speciali sono finiti ! O lavorerai nel prossimo futuro e ti adatterai alla nostra famiglia o volerai. Forse i tuoi stessi genitori potranno usarlo di nuovo e mordersi i denti in futuro. Ma poi, mia cara, vedo il nero per il tuo futuro !

La mascella di Ben cade. Deve deglutire. La sorpresa è scritta sul suo viso. Dopo una lunga pausa nel discorso offerto dalle due donne, riesce a trovare le parole. Prima Emma si schiarisce di nuovo la gola. Non si dice una parola.

Ben

Prometto che farò uno sforzo in futuro e mi dispiace. Ma sicuramente non voglio tornare dai miei genitori. Fammi provare Vorrei anche fare qualcosa fuori, a cui esco la mattina e torno dopo il lavoro.

Emma

Abbiamo anche un'idea ...
Potresti immaginare di aiutare un vecchio fabbro fuori città ?
È un maniscalco molto esperto di cavalli e bovini e ha quasi novant'anni. Ciò significa che sicuramente sa come gestire i giovani frutti come te. Solo se si scopre che fai solo promesse vuote o ti comporti irrispettosamente, è stato con "Villa eterogenea" e tu. Quindi puoi fare le valigie!

Ben dà un'occhiata alla porta. Sta solo diventando consapevole che la pistola si tiene sul petto qui.

Ben

Va bene allora. Prendo il lavoro.

Emma

Ogni grande fantasma è iniziato molto piccolo, mio caro.
Quindi mostraci di cosa sei fatto e dimenticheremo tutto ciò che
era. La giornata si sta avvicinando. Ben si prepara.
Salta in macchina con Emma.

Emma

Andremo prima lì in modo che tu possa conoscere il posto di lavoro
e fare amicizia con il fabbro. C'è una scuderia dietro Fahrdorf dove
incontriamo l'uomo oggi. Dato che lavora spesso altrove, siamo in
contatto telefonicamente e so a quale scuderia o pony dobbiamo
andare. Allora ti guiderò lì.

Percorri la strada di campagna per un po '.
Finalmente arrivano alla stalla, svoltano nel cortile e
immediatamente all'ingresso parcheggiano la macchina ed escono.
Va a destra di un lungo edificio, in un fienile, a sinistra lungo una
fila di stalle esterne dove i cavalli si affacciano. Un uomo piuttosto
anziano si avvicina ai due di fronte a un enorme mucchio di
immondizia. Il suo viso è marrone e abbronzato dalle intemperie, i
suoi vestiti neri. Quando cammina si appoggia su un bastone da
passeggio girato. Non dice nulla fino a quando i signori non lo
hanno raggiunto ed Emma gli stringe la mano in segno di saluto.

Emma

Buongiorno, signor Ullrich. Emma Loretti, piacevole. Siamo
capanne dal cortile. Ti porto un compagno di stanza che vorrebbe

aiutarti per un po '.

Questo è Ben Gargarin.

L'uomo rimane in silenzio, va di lato con uno sguardo di stima su Ben giù e su di nuovo fino a quando finalmente lo guarda dritto negli occhi. È di forma piccola, ma sottile. Quindi inizia la conversazione.

Mr. Ullrich

Lo proviamo, Ben ? Immagino che se hai un buon rapporto con i cavalli, forse puoi cavalcare una o due volte. Vedi qui è sempre il mio posto dove i miei cari sono legati in modo da poter dare loro una bella manicure. Succede molto rapidamente. Non devi preoccuparti, è come tagliare le unghie e non sentono nulla.

Guarda Ben, che è leggermente disturbato dall'odore del corno bruciato, ma guarda dritto verso il vecchio.

Mr. Ullrich

Suggerisco di provarlo. Alla fine il ragazzo decide da solo se gli piace il suo lavoro. Proviamo un primo giorno o due o tre. Poi vedremo per quanto tempo farà il suo internato con me. Deve sapere che se vuole conoscere la mia scienza, deve essere paziente e guardarmi al lavoro.

Emma

Bene, vogliamo fidarci di questo. Lascio il ragazzo alle tue cure e vengo a prenderlo verso le cinque del tardo pomeriggio. Qui ho uno zaino per te con qualche borsa e un thermos se hai una pausa pranzo a un certo punto. Non dovresti innamorarti di noi, Ben.

Vado via, a presto e divertiti !

Ben la vede allontanarsi e guarda l'uomo leggermente sopraffatto.

Mr. Ullrich

Metti la tua borsa laggiù nell'angolo. Prima di iniziare, ho alcune cose da dirti.

Ben si drizza le orecchie. Ora sta a lui uscire da questa situazione il più indenne possibile e non fare un aspetto imbarazzante.

Mr. Ullrich

Si tratta di governare, ritagliare e calzare zoccoli di animali con ferri di cavallo o altri materiali. Il lavoro include anche il trattamento di zoccoli feriti e malati. In passato, se necessario, anche l'appannamento di mucche, tori e buoi per il trasporto e i loro artigli svanivano. Lavoriamo quindi con i cosiddetti ferri da artiglio. Un maniscalco era specializzato in questo e talvolta solo annebbiando le mucche. I detentori di artigli esistono ancora, ma il bestiame normalmente non è più calzato in Germania. Innanzitutto, guarda i materiali che ti stanno intorno.

Mostra a Ben l'incudine, il ferro di cavallo, le pinze con cui lo tiene, il martello, un contenitore con le unghie.

Mr. Ullrich

I ferri sono resi morbidi su questo fuoco.
So che puzza un po 'per te, ma anche i cavalli devono abituarsi. Forse prima puoi aiutarmi un po 'e guardarmi, Ben. Trattiamo tutti i cavalli nella stalla e potresti portarmi un cavallo dopo l'altro sulla cavezza e tornare nella sua scatola.

Sono tutti buoni cavalli di una scuola. Non ti succederà niente. Prima dovrei mostrarti il nodo ? Quindi ti mostrerò come attaccare una cavezza e legarla qui con il nodo.

Quindi è giunto il momento. Ben conduce il primo cavallo dalla stalla al fabbro, lo lega ad un anello e si ferma all'estremità della testa, lo tiene per la cavezza e guarda attentamente cosa sta facendo l'uomo. Ben osserva la sua forza e morbidezza in movimento. Sembrava non disturbarlo minimamente a concentrarsi e maneggiare abilmente ogni zoccolo. Che Ben, con la pazienza di mantenere i cavalli e il ritmo costante del lavoro, crede di essere arrivato in un altro momento. Sente come gli animali si fidano di quest'uomo. Ecco come passano le prime ore.

Mr. Ullrich

Quindi è ora di pranzo. Dopo una piccola merenda faremo uscire i cavalli dalle stalle. Quindi ce l'abbiamo per oggi.
Vieni a sederti. Non ti mordo.

Si siedono su due balle di paglia, spacchettano il pane e il caffè che hanno portato con sé. Ben si guarda le mani. Sono marroni, rugosi e, nonostante il lavoro che svolgono, rimangono delicati, pensa Ben. Per la prima volta sorride attentamente all'uomo.

Mr. Ullrich

Dimostri rispetto. Mi piace. Guarda qui. Queste sono le unghie che uso. Li faccio tutti da solo.

Raggiunge una piccola scatola di cartone e mostra a Ben le unghie.

Mr. Ullrich

Di solito mi prendo cura degli zoccoli e li prevengo. Ma a volte un cavallo deve essere particolarmente calzato quando è necessario un aiuto terapeutico. I denti degli animali sono curati dal medico. Finiamo gli ultimi qui, quindi per ora hai visto le cose più importanti. E quello che mi piace di te è che non mostri alcuna paura, anche se difficilmente pronunci una parola. Ma dal momento che faccio il mio lavoro da quasi settant'anni, posso anche parlarne, tu fai semplicemente il tuo lavoro e troppe parole ti trattengono dall'essenziale. Mi sento proprio come te.

Il primo giorno è finalmente finito. Nel pomeriggio, Ben viene raccolto e si siede in silenzio, preso con il tutto, nell'auto che Emma guida tranquillamente lungo la strada di campagna. Emma rimane in silenzio. Non vuole rovinare l'esperienza di Ben. Quindi arrivano in capanne, escono e Ben va silenziosamente in cucina prima a mordere sette uova nella padella e spalmare un grosso panino.

Qualcosa è diverso. Il ragazzo parlerà con quasi nessuno nei prossimi giorni. Ma fa il suo lavoro ostinatamente e in modo affidabile presso il fabbro. Più tardi a casa, fa una doccia, si cambia e, con sua grande gioia, porta giù il bucato, lo appende dopo il lavaggio e lo porta nella sua stanza come se fosse la cosa più naturale del mondo. Anche i suoi piatti rimangono puliti dopo aver mangiato. Ed è affamato di orsi ogni giorno quando torna a casa dal lavoro.

Il tempo vola. E Ben resiste e nessuno gli fa domande.
Un giorno dopo aver fatto tutto il lavoro del fabbro, un proprietario di cavalli si avvicina a Ben con una richiesta.

Donna

Ehi Ben. Non mi conosci ancora, ma sono una persona privata qui e
questo è il mio cavallo Olaf. Se potessi farmi un favore, potresti
togliermi il cavallo solo per venti minuti perché al momento non ho
tempo. Devi solo andare nella piazzetta con lui e cavalcarlo un po
'asciutto dopo il lavoro che ho fatto con lui senza sella perché non
dovrebbe essere così bagnato nella stalla. Quindi puoi
tranquillamente portarlo nella sua scatola ... vieni e ti aiuterò !

Il fabbro lo guarda. Guarda Ben in attesa.

Mr. Ullrich

Dai, vai avanti. Posso gestirlo da solo e ho ripulito rapidamente le
cose. Ti consiglio solo di andare a cavallo in un posto piccolo e
solo lì in modo che non scappi con te, ma il suo carattere è
impeccabile. Non ti farà del male.

Ben segue la donna e il suo cavallo nell'area di dressage e lei gli
offre aiuto per cavalcare su Olaf. Quindi lascia il posto e Ben tiene
sotto controllo la situazione tenendo le redini in mano. Lo ha
sempre desiderato. Sembra che le ali siano cresciute. Il cavallo
coglie l'erba. Il suo sudore penetra nel naso di Ben. Sbuffa con
calma. Ma vede, si sono dimenticati di rimettere la barra all'uscita!
Olaf lo vede troppo tardi e coglie la situazione per prendersi la
libertà di decidere da solo dove andare ora. Un passo lento diventa
un trotto leggero, quindi un galoppo sul posto, e finalmente Ben
sente il cavallo allungarsi dal collo alla coda e corre con Ben verso
l'area di salto. Nel mezzo c'è una piccola scala. Olaf lo prende in
una frase. Ben gli scivola in avanti sul collo. Dopotutto, il veicolo
sotto di lui ha esattamente ciò che desiderava ... una grande piazza
con un sacco di esercizio in sabbia profonda e soffice, il recinto di
sabbia, che questo cavallo ha scelto spontaneamente sotto il suo

sedere. Riesce a scivolare un po 'indietro nel tempo e la posta si spegne. Olaf e il suo cavaliere corrono attraverso la piazza con bandiere battenti. Quindi quando appare la recinzione, il cavallo si ferma improvvisamente e Ben scivola per la seconda volta davanti alle orecchie e verso il basso, solo in modo che Ben riesca a stare su entrambe le gambe con le redini in mano e non nella sabbia autunno.

Il signor Ullrich applaude.

Ben non è meno orgoglioso di Olaf per mano e ne sorride. Quindi riporta la fuga in fuga e lo porta nella stalla come promesso. Poi, quando tornò dal signor Ullrich, ebbe solo una risposta.

Ben

Ho sempre voluto sapere com'è volare nel vento sulla schiena di un cavallo! Adesso lo so. È meraviglioso !

Mr. Ullrich

E tu hai avuto coraggio, ragazzo mio! Se fossi tuo padre, saprei che avrei dovuto darti il mio cavallo sul posto. Che tu riesca a gestire bene gli animali ora si è dimostrato. Con un cavallo puoi passare attraverso alti e bassi. Hai solo bisogno del coraggio giusto per farlo.
E all'inizio pensavo che mi parlassi così poco perché potresti avere i polsini davanti. Ma non è così.

Ben

Pensano male. Ho molto rispetto per le persone anziane, proprio perché non sempre ti riversano attraverso la banca con i loro discorsi. Adoro le persone anziane. All'inizio, tuttavia, quando mi avvicinavo a loro, avevo sempre in mente l'immagine di un dollaro con due corna spesse e rotonde. Proprio perché mi sembravano quello che sono, una donna testarda al suo meglio! Hahaha ...

Mr. Ullrich

Sei quello giusto per me !

Per la prima volta sorride calorosamente a Ben.
Due uomini con la differenza di età di soli 70 anni iniziano a scaldarsi insieme. L'immagine è divertente. Quando Ben più tardi torna a casa in macchina con Emma, è scritto sulla sua faccia che è felice.

Ben

Sai una cosa, Emma? Penso di aver incontrato la persona migliore della mia vita. Come sarebbe se facessi un apprendistato con il fabbro per tre anni ?

Emma

Quindi, se vuoi sentire la mia opinione ... quest'uomo lavorerà comunque fino a quando non cadrà, e tu puoi dargli una mano quanto vuoi. Ti insegnerà tutto.

93

94

Il blues della pesca dell'aringa

Maja non può essere trovato. Emma, Clara e Gitta la stanno
cercando. Poi scoprono che Edwards sta scomparendo dietro il
capannone di pollo e vedono Majaj tra i cespugli di ortica
appoggiata al muro, accovacciata di lacrime.

Clara

Dio mio figlio. Cos'hai che non va ?

Maja

Un giorno il mondo mi dimenticherà. Semplicemente non c'è
nessuno. La mia vita è così vuota Vedo sempre solo immagini
horror nei miei sogni.

Clara

Non ti deluderò, cara. Fai molto per noi. Dopo tutto, hai l'arte del
colore! Nessuno di noi può farlo come te: la tua idea di vita è
chiara, brillante e vigile. Il gioco dei tuoi criminali è finito,
comunque. Nessuno ti farà più del male.

Maja

Ma sono preoccupato per il mio futuro. Come dovrei farlo quando
questi ricordi mi tormentano ?

Clara

Devi combattere. Tutte le persone sono preoccupate. Sei un dono
per tutti noi qui. Nessuno di noi ti abbatte. Vieni a riposare,

bambina mia. La vita è stata una doccia fredda per molti. E solo perché i ragazzi scartati hanno torto là fuori non significa che il tuo amore passerà più veloce del mio.

Emma

Vieni in casa con noi. Penso che sia tempo per tutti e tre di parlare. Parla con noi e troveremo di nuovo un sorriso nel corso della giornata.

Maja li guarda. Quindi striscia fuori dal suo nascondiglio.
Vanno tutti dentro. I tre, Emma, Clara e Maja vanno di sopra nella stanza, dove Maja è seduta sul divano, avvolta in una coperta.

Maja

Non ho bisogno che ti guardi. Lo so.
L'amore non ritorna. Sta invecchiando senza di essa. E non trovo mai la strada per tornare all'infanzia. La moto è ferma. E probabilmente non va più avanti con me.

Clara

Ascolta, mia cara. Se si tratta di amore,
dovremmo prima affrontare il problema che gli uomini hanno nella nostra vita. Dovresti dare un'occhiata dietro le quinte.
Nessun uomo al mondo è un principe !

Maja

Sì, che tipo di uomini ci sono ?

Clara

Sai, molti non sono adatti per l'amore. Ad esempio, sono donne eroi indipendentemente dalle perdite. Ci sono anche amici che sono abituati allo svezzamento. Stanno solo cercando donne che le puttano e camminano con loro.

Maja è impressionata.

Clara

Quindi non puoi considerarli confidenti per bellezza, educazione o denaro. Solo l'ingenuo è giusto per lo spagnolo Casanova. Non deve nulla a loro, anche se li lascia sedere incinta sui bambini. Mandano un sms alle donne nelle loro frasi d'amore, e se sono infatuate, lo considera un gioco e cavalca con le donne in paradiso e nessuno è leale. Dopo sei sempre più intelligente. Sono tossicodipendenti a modo loro che devi sapere e non lo rendono verde.

Emma versa il tè per Maja.
Mentre le caramelle di zucchero nella tazza scoppiettano piano, tutto tace. Le nuvole si scaricano sotto la pioggia e cadono morbide gocce sulle finestre. Fuori è fresco. All'interno è asciutto e tranquillo. Maja guarda in un altro mondo per un po '.

Maja

E ho pensato che se le persone si volessero bene, non si lascerebbero l'un l'altro. Ma non avrei mai pensato che gli uomini si sarebbero comportati così tra la folla. Continuo a sognare una città gigante e non riesco a trovare la mia via d'uscita.
Ma penso di aver sbagliato.

Me lo stai dicendo. Che tipo di uomini sono quelli che giacciono tutto in faccia ?

Clara

Non ti danneggiano finché sentono che non ti consideri la loro vittima. Chi metti alla prova nella vita, chi ami, ma non lasciarli andare.

Emma

Quando ci penso, ricordo che l'amore non può essere aspettato, cercato o trovato. Te lo dico amico. Questa è un'illusione che molte persone stanno aspettando. Questo amore che descrivi ha il suo inizio nell'amore per se stesso e dipende da come sei e da cosa stai facendo e da cosa devi dare e certamente non provando a trattenere un sogno che può essere simile a te, ma è per questo per vivere il tuo sogno. Questo è il nostro segreto solo quando noi umani ci conosciamo da molto tempo e apparteniamo insieme come anime correlate. È come la stessa cosa che abbiamo sperimentato su entrambi i pianeti, e ogni buon senso vale due volte, perché poi l'altro lo saprà.

Maja

Quindi molti usano le parole per mentire alle donne ...

Emma

Sei inesperto nell'amore te stesso. Ecco perché usano la frase. Il loro amore è come un gioco nel gameboy, non sono ben riposati. Usano giovani donne inesperte come te fino alla rottura della clessidra.

Clara

Ma devo anche dirlo. Solo gli sciocchi pensano che gli uomini e le donne amino diversamente. Stolti ed educatori. Vi dico che l'amore degli uomini per le donne è altrettanto straziante, altrettanto radicato, altrettanto confuso e altrettanto incompiuto alla fine. Non possiamo semplicemente spingere tutti gli uomini sulla cresta. Soffrono innamorati tanto quanto noi.

Maja

Ma c'è questo ragazzo che, come me, ha avuto brutte esperienze, forse un bel giovanotto che mostra a tutti che capisce le donne e le odia ?

Clara

Sì, penso che tu l'abbia colpito. Lo incontri quasi ovunque. È il quasimodo che si trova apertamente di fronte a tutti.

Maja

Non sono come i soldati che uccidono i cuori ?

Emma

Esatto, i suoi colpi continuano ad apparire nella vita. E il loro incontro soffia di nuovo nel vento. Ti assassinano e ti offrono le loro droghe e ridono quando ti siedi.

Clara

I vizi speculano sulle attrazioni e vivono nella terra.

Emma

Ecco perché le donne non possono essere ingenue. I loro lampi si trasmettono l'un l'altro. I geni autoproclamati lo tengono pulito ovunque. I giocolieri finanziari si definiscono "tutto sommato". La fine di Casanova rimane sempre con i bidoni della spazzatura per strada.

Clara

E i filistei mandano i bambini a scuola per maltrattare gli altri. Le macchine per il parto sono spesso molto silenziose, grandi profondità rilassate e noiose, motivo per cui sono abbastanza buone per sposarsi.

Emma

Come Maria - madre di Dio - che dà alla luce Gesù - come Gesù quasi sorelle di Dio e Maria allo stesso tempo la madre di Gesù e sua nonna e come vergine alla nascita di Gesù furono quasi schiacciate dall'interno sull'imene.

Maja rise forte.

Maja

Sì, le brave figlie di una buona famiglia ... da un albero all'altro fino a quando non sono stanche della vita o incinta, ed è solo un sogno che è scoppiato alla fine.

Clara

Non potresti descriverlo più chiaramente. Avete capito bene !

Emma

Tutti nella vita devono portare il suo pacco, Maja. Devi sapere, è come un gioco di carte, e talvolta hai il sette di picche nel tuo bagaglio che dice che avresti dovuto essere più attento e stare attento al futuro.

Ti dirò qualcosa su di me. Visto dal mio esempio
Posso dire di non avere nessun altro che si prenda cura di me.
Mio padre ha sempre evitato di crescere figli. E mia madre non mi amava neanche.

Ho sempre pensato che non mi importasse davvero di mettere i bambini in questo mondo. Ma il solo pensiero che non potrei averne uno alla volta, anche se lo volessi, mi fa stare male. Non sono ingenuo. No, dico che mi fidavo.

Ciò che ho portato in vita da sola mia madre è stata la sua affermazione che avrei dovuto tranquillamente mettermi nei guai, perché a causa dei problemi dominati, della sofferenza e del dolore sofferto, le persone solo maturano. Non si trattava di salvare a sua figlia quanti più problemi possibili, ma di convincere un bambino a imparare come affrontare i problemi. Per il meraviglioso e santo mondo del pregiudizio, si può contrastare qualcosa nella vita o realizzare il programma politico della madre come un povero calzino.

Clara

La vera normalità della follia è solo essere umili, educati e ben educati, non egocentrici, semplicemente non amare se stessi e tutta la follia incarnata nel pastello affamato in una cucina attrezzata.

Emma

Invece, un bambino può insegnare a se stesso qualcosa nella vita a fare qualcosa al riguardo invece di usare il pregiudizio. Funziona senza problemi, ad esempio, senza fidarsi di tuo figlio.

Clara

Cercavo qualcosa, una distrazione, una professione, una forza schiacciante che mi avrebbe sollevato, che mi avrebbe sollevato dalla malinconia che altrimenti mi avrebbe usato inesorabilmente, come avrebbe fatto mio padre quando mi avesse colpito. Volevo sorvolare me stesso, anche solo per poche ore, e guardare la mia vita in pace. Ma sai cosa ho riconosciuto in me stesso? Sono dipendente dalla vita. Mi è stato detto che lo sarò sempre. E le persone stanno contraddicendo la propria vita.

Maja

Bene, segnerò solo i miei anni passati. Non devo più muovermi perché emergerò da esso come una persona intera e non mi lascerò mai più spezzare in piccole parti.

Emma

Cerca di essere vulnerabile e mostra i tuoi sentimenti, mostra sei saldamente radicato Quindi non devi ingannarti. I sentimenti sono la tua realtà, a meno che la vergogna non sia sulla tua strada.

Il giorno dopo Emma e Clara parlano al caffè.

Clara

Hai notato i pantaloni strappati di Leo ?

Emma

Sì, è assolutamente fuori concorso, ahahah.

Clara

Ma ultimamente ha dato un pugno alla sua stessa vita. Penso che
sia incapsulato in modo tale che dovremmo provare a svegliarlo dal
suo sonno da favola, giusto ?

Emma

Proviamolo. L'ho appena visto entrare in casa. Busserò piano a lui.

Dopo appena dodici minuti, scendono entrambi dall'attico e si
fanno strada nel salotto.

Leo

Di cosa si tratta ? Dov'è il tuo problema ?

Clara

Hai un motivo per evitare tutto ? Pensiamo che tu sia arrabbiato
con qualcuno e debba parlarne, o c'è qualcos'altro che ti disturba.
Condividiamo il tuo grande segreto, Leo.

Leo

Se me lo chiedi, sto bene. Gli uccelli volano in alto. Padre Sun mi
guarda dall'alto in basso. Cammino sulla terra ogni giorno
i miei piedi. Le persone sono i miei fratelli e sorelle.

Clara

Lascia questo gioco. Non devi darmi i tuoi cliché
venire. C'è qualcosa che ti dà fastidio. Parliamo un po '.

Leo

Siete tutti ipocriti. Tutto va sempre oltre tutto. Per le persone civili
potrebbe avere a che fare con il romanticismo, ma non viviamo
come gli indiani da molto tempo. I tedeschi non dovevano mai
prendersi cura l'uno dell'altro. Più vecchia è la storia, più crudele
era! Dove dovrei avere speranza ?

Emma

Pensi che l'intera azione sia inutile. Immagina come è andata la
storia come se nulla fosse accaduto, come se non ci fosse spazio
per tuo padre negli spazi vuoti e il gioco fosse finito per lui.

Leo

Nessuno può capire me e la mia vita fino a quando non gli racconto
tutta la storia. E chi vuole ascoltarli ...

Emma

Immagina di essere tutti qui!

Clara

Sono una donna e mi piace il significato dell'amore per me. Ho un
sogno finché mangio cibo per capre. Una donna ha solo una
possibilità di amare suo marito senza soffrire. Non sto
piagnucolando per il mio destino. Quando vedo come stai, dico che

per nessun pagamento al mondo un bambino deve soffrire o rinunciare alla sua innocenza.

Leo

Solo la fuga dagli abusi mi ha spinto in questo mondo. Sopra il bastone e sopra le pietre finché non mi sono rotto le gambe. Conosco i piedi doloranti e le persone che mi hanno preso la libertà. La strada sopra la terra dura e screpolata. La mia unica compagnia era stata a lungo l'ombra.

Emma

Se posso permettermi un commento. C'è anche la ragazza nel nostro mondo che la sta attaccando, sia fuori che in famiglia. Violentata, costretta a gridare, e spesso tradita e mentita per i loro soldi. Una ragazza che ha fatto molta strada nella vita, attraversando il deserto e il deserto. Ha anche una ragione. Passarono anni prima che un uomo le dicesse in seguito che tutto il dolore che stava attraversando aveva la buona cosa che potevano trovarsi perché spesso gli succedeva molto.

Leo

Io non sono stupido. Sappiamo che i cimiteri sono pieni di persone che pensavano di essere grandi. Dato che sono sempre stato serio, ho anche la possibilità di una vita migliore.

Emma

Potremmo appendere una palla da pugilato sulla trave del tetto. Potresti immaginare una faccia su di esso, o semplicemente dipingere la faccia di tuo padre e colpirla duramente di tanto in tanto. Che ne dite di ?

Leo scuote la testa.

Clara

Ho un'altra idea Sei già sulla tua strada migliore, Leo, con la tua poesia e musica, proprio come Michael. Se state insieme, dato che potete farlo abbastanza bene, trarremmo beneficio anche dall'ascoltare la vostra musica un po 'accanto al fuoco e un po' di barbecue la sera. Tutti fanno solo un po 'quello che possono !

Emma

Oh sì, questo cambierebbe tutti noi!
In qualche modo vero, tuo padre si è sempre nascosto arcaicamente in te nella sua sete di omicidio. Ma se giochi qualcosa per noi, è per dimostrare a tuo padre che non ha ancora guidato il carrello nella sporcizia per te.

Leo

E poi chiamiamo il nostro concerto "aringhe da pesca blues"!
L'idea non sarebbe affatto male. Parlerò a Michael se questo potrebbe essere qualcosa. Quindi se mio padre varcasse la soglia e fossi stato invitato a un colloquio, avrei rifiutato. Ci vuole un uomo con le uova per spaventarmi. Non può recuperare il tempo perduto. Sono quelli che distruggono i bei tempi che mi fanno impazzire!

Emma

Ma c'è una possibilità per te di vedere il futuro con i tuoi talenti e doni che porti alla vita.

Clara

Il sogno d'infanzia non dovrebbe mai finire, ma un giorno non ci vedremo più e gli sbagli nella vita. Poi sono di fronte a te e sento i tuoi occhi su di me. Prendi il tuo fiore per mano per ballarlo. Il tuo calore scorre attraverso entrambi i nostri corpi. Nessun cappello, nessuna casa, nessun matrimonio, nessun taglio al petto, nessuna legge, nessun diritto. Niente di più che ci separa !

Leo

Sembra quasi poetico, Clara. Dovrei affrontare un po 'questi pensieri ...

Clara

I negazionisti della storia sognano di essere considerati una perla sotto la cascata, ma muoiono soli perché nessuno al mondo è mai in grado di riflettersi in coloro che non si conoscono o preferiscono odiarsi.

Leo

Ma mancano le parole per descrivere le emozioni, quindi cercano solo sicurezza ovunque e hanno preoccupazioni esistenziali. Ma mi chiedo se penso agli psicopatici, quali sono i loro meccanismi interiori e come vogliono davvero essere percepiti ?
Cosa c'è di sexy ai loro occhi ?

Clara

E c'è sempre una differenza tra aspettative personali e sociali. Spesso mancano le parole per parlare del piacere erotico e c'è una sensazione di vuoto linguistico. Quindi sei tu che parli contro di

loro e sii al centro della tua poesia e della tua musica. Non puoi mai
ripagarli meglio di così. Goditi semplicemente la tua esibizione
musicale come un buon massaggio tailandese per sentirti meglio.

Leo

Lo farò. Bene, non c'è bisogno di preoccuparsi, ma esplorare
l'amore è ancora un'avventura oggi. Parliamo di quanti stupidi
angeli potrebbero essere scopati con uno sconto e di come siano
scivolati tra le dita, come abbiamo sempre fatto.

Emma

Quando ripenso alle mie giornate della giovinezza, prima che
qualcuno mi parlasse della lunghezza del suo pennello, ho misurato
i ragazzi con quanto sfarzosamente hanno mostrato di nuovo la loro
simpatia, e ho iniziato a sospettare che non sarebbe stato lì presto
scopri dove è diretto.

Alla fine, tutti e tre risero di cuore e di voce.
La giornata è stata nuovamente salvata per tutti i soggetti coinvolti.
E presto potrebbero prepararsi per una bella festa !
Michael e Leo, che altrimenti sarebbero tranquillamente al limite
dell'azione, non sono particolarmente evidenti questa settimana
fino a quando non annunciano i loro piani per la colazione una
mattina quando tutti sono seduti al tavolo. Leo prende la parola.

Leo

Siete tutti invitati! A tutti gli amici della fattoria, Michael e io vi
annunciamo un piccolo concerto. Abbiamo avuto l'idea di provare
ad esibirci per tutti voi. Emma e Clara hanno concordato di
organizzare un barbecue con bistecca al collo, salsicce e insalata
per il prossimo sabato sera fuori nel cortile. Accendiamo un grande

fuoco. E farò musica con Michael. Potresti ballare, cantare, mangiare fino a quando non puoi più dire cuccioli !

Chiamiamo il nostro gruppo "Herring Fisherman Blues"!

Le persone applaudono con entusiasmo.

Interviene Michael.

La musica, le persone, è il legame tra uomo e luna.
Quindi festeggiamo nella notte e dopo piangiamo tutti insieme sulla luna, perché ulula insieme sempre meglio. Per ringraziare tutti voi per tutto il lavoro che è stato svolto tra di voi e continua a svolgere. E che tutti abbiamo avuto la possibilità di vivere qui e riguadagnare i piedi in una vita normale e in un'occupazione retribuita, a cui ognuno di noi ha diritto. Quindi vediamo tutto con calma e godiamoci una serata di divertimento e lascia che la nostra chitarra stabilisca il ritmo. Siamo diventati amici e finora siamo stati creativi. Questa casa è diventata la nostra casa e ci ha protetto dall'essere i bambini abbandonati di Dio, quindi grazie a Emma e Clara! Il sabato è finalmente arrivato. Laddove i residenti della casa forniscono già tutto, Leo e Michael non sono ancora stati visti. Ci sono abbastanza balle di paglia in un cerchio attorno a un camino, i tronchi e i tronchi del boschetto sono ammucchiati, una griglia a carbone per la carne viene smazzata. Un tavolo è pieno di insalate, snack e bevande fredde, piatti e posate. La carne cruda può già essere messa alla griglia.

Quindi i due vengono molto piano e si siedono accanto a loro davanti al camino che si trova attualmente nel corridoio.
Michael, il maggiore, parla per primo.

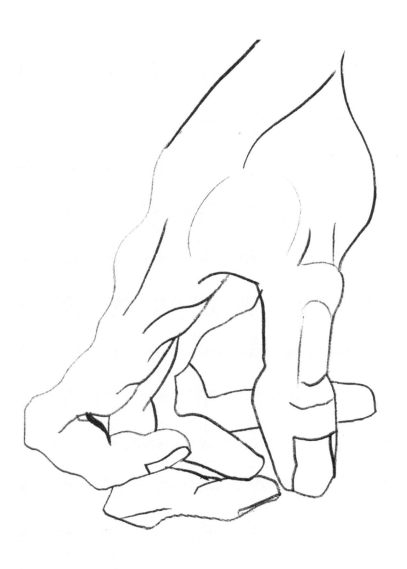

Michael

Gentili persone Molti discutono sul concetto di uomo e luna -
4,5 milioni di anni fa, la Terra si scontrò con un altro pianeta. Due
pianeti si uniscono, la luna emerse da esso e tutto sulla terra non
poteva che derivare da questo. Tutto andrà - Passerà - Ogni mese è
rinato. Senza il campo magnetico, il gradiente caldo-freddo sarebbe
troppo grande. Le prime persone ad essere sulla luna notarono che
il suo odore era di legno, polvere da sparo e uova marce.

All'inizio ci fu un enorme impatto, lava, grandine di meteoriti,
crateri formati sulla luna. La superficie era in polvere, con
conseguente montagne, crateri e ombre. Ne risultarono le prime
strutture del terreno. Il ciclo della luna è di 20,5 giorni. Secondo
lui, conosciamo l'anno lunare - l'anno del sole - l'anno bisestile - e
la Pasqua avanza di 11 giorni all'anno. Conosciamo tutti l'influenza
della luna: influenza il sonno, l'amore, il momento della nascita,
persino tagliando i capelli sotto la luna piena.

Si dice che l'albero sia il legame tra l'uomo e la luna nel battito
degli eventi cosmici. È stato scoperto che l'abbattimento ha senso
solo su una luna nuova, questa regolazione fornisce legno
resistente. In passato, la terra girava molto rapidamente. Quindi si
allontanò dalla luna. La terra sta rallentando costantemente.
Sperimentiamo le stagioni attraverso la luna - il ritmo - il nostro
ritmo della vita - e sperimentiamo la luna come fonte di luce di
notte e grande ispirazione. Riteniamo che l'umore di noi umani
cambi ogni due giorni e mezzo. Quindi siamo in costante
cambiamento: ritorno e serenità. La luna è considerata l'orologio
della fertilità, il ciclo della fase lunare. La natura occupa il suo
spazio e non solo l'uomo e il divino. La luna mostra sempre lo
stesso lato. La parte posteriore non è più scura di quella anteriore.

Nella migliore delle ipotesi, si potrebbe sostenere che è stato solo di recente quando è stato scoperto l'ultimo sbarco sulla luna che ci sono sempre risposte che si nascondono dietro gli angoli che le persone meritano di ottenere quando il loro castello di carte cade di nuovo a pezzi perché potrebbero sbagliarsi e vivere dietro la luna. Per questo motivo, oso dire che in realtà diventa molto vivace dietro la luna perché ci sono molte persone che sono un po 'dietro la luna ...

Come dovresti sapere, è stato giustamente creduto per molto tempo che ero solo un bastardo superficiale e arrapato. Certamente sono anche quello infuocato nel cuore più morbido di quanto la maggior parte della gente pensi. Il mio primo amore mi ha lasciato seduto, mi ha fatto molto male. Ma sono un amante con una mentalità coraggiosa, musicalmente e sognando spero in un mondo migliore. Mi sono trasferito all'estero perché sono appassionato, ma anche perché l'amore mi ha reso malinconico. Ero uno dei dieci figli e mi è stato permesso di fare quello che volevo a casa. Mio padre era un professore e mia madre lasciava danzare le gonne nella danza. E che sono finito qui con te per caso è pura coincidenza. Sono appena arrivato, volevo aiutare con cibo e alloggio. Se vuoi sapere, sto ancora cercando me stesso e sto cercando una casa, proprio come te. Mi sono detto che non c'è mai modo di tornare alla mia famiglia.

Da bambino mi chiedevo spesso: che ore sono, quanto bene può passare l'ora ? Ho lasciato il sistema a scuola nei miei pensieri. In lunghi vagabondaggi l'ho chiamato nel mondo. Persone: siete voi qui sulla terra a creare le onde, la luna fa tutto il naso !

Il romanticismo veniva spesso rappresentato nelle immagini notturne, tanto più quando il mondo divenne industrializzato. La luna blu è una seconda luna piena al mese. E se il sole, la terra e la luna sono in una linea, diventa la luna di sangue nell'eclissi lunare. Quello che voglio dirti, è sempre come un legame segreto per gli umani che sembra rinnovarsi nel tempo con la luna. Mi sembra di conoscere questo amico nel cielo prima ancora di nascere come persona, come se fossi intimamente legato a lui nel mio cuore. Riesce che anche il minimo accenno della sua mano può fermarlo o farlo galoppare. Ecco perché faccio musica per tutta la vita.

Abbiamo solo il mondo attraverso la lingua, ma abbiamo anche perso il mondo. Le persone che possono vedere cosa si perde spesso attraverso commenti critici nel lavoro. È il suo caso di rifiutare l'atteggiamento mentale di qualcuno. Ciò che muove le persone non appartiene a nessuno da solo! Quando la luna diventa verde e la terra è il cuore della vita, dobbiamo trovare la strada ...
PER SALVARE IL PIANETA !

Quindi Michael prende la chitarra e suona allegramente i migliori successi rock degli anni sessanta, settanta e ottanta.
Le persone intorno a lui sono felici con lui. A poco a poco diventa buio e lunghe ombre cadono attorno al fuoco. Gli amici si siedono lì, godono di cibo e bevande e ascoltano il canto di Michael.

Quindi Leo parla con la sua chitarra.

Leo

Come molti di voi sanno, ho avuto esperienze di abuso nella casa dei miei genitori. Non sembra plausibile e irragionevole, o anche senza senso, negare l'inevitabilità dell'immaginario. L'autoosservazione è dovuta all'empatia. Come posso far fronte a questo onere è l'arte e ogni modo di svilupparmi artisticamente, anche nelle mie parole. Si può rispondere rapidamente all'intuizione e ripristinare la comprensione sulla base dell'affettività.

È molto bello per me avere una nuova possibilità con te, arrotolare di nuovo tutto e elaborare la mia vita. Se vivo in periferia, è per

confrontarmi con la natura. La natura mi insegna dubbi, crisi e
solitudine. Nessuno ne è immune. Sopporto con compostezza la
mia inevitabile estraneità in questo terreno e le dimensioni della
relazione familiare tra animali che non hanno paura di me ma
potrebbero significare la morte. Non è ironico che accettare la
tristezza sia inevitabile, significhi per le persone che ti senti più
felice ? Ora che ho in mente la tragedia della mia vita, poiché so
che è un problema, il problema mi sta facendo andare via solo
perché è riconosciuto. Questo crea libertà.

La gente dice: uno stomaco affamato, una tasca vuota e un cuore
spezzato possono insegnare le migliori lezioni della vita. Non
provo davvero a stare dalla mia parte buona, non ne ho più. Ero
solo misericordioso e gentile. Oggi ho già raggiunto il traguardo
per ridere di me stesso !

Quale ragazzo non ha toccato il suo cazzo e non ci ha giocato da
bambino? Tuttavia, posso dire di aver sentito mio padre nel mio
corpo. Quindi dovevo ancora dubitare che fossi ancora un uomo o
una donna, o quale disposizione fossi, che mi ha portato ai limiti
della disperazione. Naturalmente, tutto ciò che è creativo è solo
qualcosa, come un nome per l'attrito del doppio genere in noi. Il
creatore era ovviamente più generoso con gli amici che con le
donne eleganti. Ma la convinzione, la gente, non aiuta a riempirti.
Ed essere solo uno dei favoriti di Dio come zitella non ti protegge
un giorno da diventare la sua sposa abbandonata.

Potrei essere scelto dall'amore, ma so per certo che l'amore mi tiene
giovane e che mi sono sentito male solo come vittima fino a
quando non stavo finalmente bene. L'autore del reato stava solo
andando bene fino a quando i ricordi dei suoi misfatti lo hanno
raggiunto, e poi sta andando male.

Se la teoria dice che un oggetto che sta pianificando di fare un
viaggio deve scoprire che devono sempre esserci persone che
fingono al mondo ciò che dovrebbe essere giusto e sbagliato per
loro, che ogni dubbio dubita sempre della loro fortuna, ti rendi

conto che il mondo è ancora un po 'più folle e che puoi risolvere i problemi dei filosofi prima che sorgano. Sono solo fenomeni apparentemente irreali che gli umani cercano di compensare in una relazione solida quando si innamorano. Pertanto, dovresti sempre tenere diverse parti aperte nella vita e imparare a fidarti.

Lasciatemi citare un altro da Novalis, che mi ha aiutato molto -

Hai eccitato l'azionamento in me
Guardare in profondità nelle menti del vasto mondo;
Con la tua mano sono stato preso con fiducia
Questo sicuramente mi porterà attraverso tutte le tempeste.
Ti sei preso cura del bambino con sanzioni,
E andò con lui attraverso prati favolosi;
Sbrigati, come l'archetipo delle donne teneri,
Il cuore della giovinezza è passato al momento più alto.
Cosa mi affascina delle lamentele terrene ?
Il mio cuore e la mia vita non sono tuoi per sempre ?
E il tuo amore non mi protegge sulla terra ?
Posso celebrare l'arte per te;
Perché tu, amata, vuoi essere la musa,
Ed essere il tranquillo spirito custode della mia poesia.

Accolto in eterne trasformazioni
Il potere segreto di cantare sotto di noi
Lì benedice la terra come pace eterna,
Scorrendo qui da giovane.
È lei che brilla di luce nei nostri occhi
Questo ci ha dato un senso di ogni arte
E il cuore dei felici e degli stanchi
Nella preghiera ubriaca, goduto meravigliosamente.
Ho bevuto la vita sul suo seno pieno;
Attraverso di loro sono diventato tutto ciò che sono
Ed è stato felice di alzare la faccia.

Il mio senso più alto era ancora addormentato;
Poi la vidi fluttuare verso di me come un angelo
e volò, risvegliata, nel suo braccio.

"I titani si fanno strada nella storia umana.
Gli antenati avvertono: mostrati! Mostra la tua gloria!
Quello che molto tempo fa sembra sovradimensionato,
non umano come te e me.
E pronipoti dalle mie ginocchia
Rimani un giorno di fronte alla mia poesia:

"Che cos'era il vecchio un colosso!
Ha lavorato, scritto, apprezzato, un sovrumano, una leggenda,
che eredità difficile derivare dai suoi lombi,
stesso così piccolo ... "

Postumo, post mortem, non vedo l'ora,
se cerchi un monumento !
E se il culto ti viene negato,
confida che non lo scoprirai mai ! "

Quindi gente, non lasciatevi scoraggiare dalla vita una volta e
godetevi la serata. Continuerò a suonare il blues con Michael, e sei
il benvenuto per cantare insieme !

Michael ha detto una parola prima -

Saremo tutti maltrattati ad un certo punto della nostra vita.
Il mio pensiero su questo è espresso in questa frase:

Non io dal punto di vista dei saggi, accecati dal caos. Solo il
colorato, lo smorgasbord, che in realtà non lo è, dice che tutto è
riparato per la maggior parte. Ciò che tutti noi abbiamo nella
diversità manda gli altri al limite dell'alterità.

Prima di affermarli e poi di aggiustare altre cose, o di rimuoverle in tutte le forme dai margini, che a certe condizioni costituisce lo status per apporre il timbro sugli altri. Tutto è considerato matematicamente corretto, invece di superare una domanda di razza. Solo con tutte le differenze della nostra origine non hanno tutti speranza insieme ? Dopo tutto, tutti sognano la giustizia - non erano tutti d'accordo ?

Spingi sempre gli altri al limite e mettili al livello più basso. L'innocuità difficilmente contribuisce al meglio. La presunta natura si riduce e la capra si trasforma in un giardiniere. C'è silenzio dove non può esserci alcun suono, nella mia fredda tomba nel mare profondo e profondo, quindi di notte immagino com'era la mia vita quando non c'era voce, quando non trovavo parole per la vita !

Sì, questa sera è una vera esplosione !
Tutti sono felici e nessun genitore rovina il buon umore.
Finalmente ballano in cerchio, mano nella mano attorno al fuoco, e tutti possono tirare fuori un po 'di birra. Michael e Leo si alternano in blues e ballate.

E Clara ed Emma sanno che questo festival è in corso da molto tempo e lo ripeteranno sicuramente ogni mese.

Emma

Finora hanno fatto tutti molto bene.
Che ne dici, Clara?

Clara

In particolare adoro percepire di recente gli odori di erbe selvatiche nel nostro orto, perché in questi giorni possiamo davvero iniziare a goderci i frutti del nostro lavoro ...!

118

Chi è ancora al comando qui ?

Emma

Dimmi Clara, non hai notato che recentemente i disabili adulti sono
scappati di casa? Mi è stato detto dalla brocca del villaggio che si
trovano costantemente nei luoghi più divertenti. Uno ha riferito di
aver individuato un uomo disteso nel torrente. Un'altra persona è
sempre in giro nel villaggio sul marciapiede, raccogliendo le
estremità delle sigarette dalla strada e mangiandole. A volte i vetri
delle finestre si rompono o corrono nel boschetto fino alla roulotte
vuota e vi trascorrono la notte.

Clara

Sì, dal momento che lo stai dicendo. Sono stato informato che di
notte una persona disabile è entrata in una casa attraverso la porta
del patio aperto e quella mattina si è svegliata in uno strano letto
con gli abitanti.

Emma

Dovremmo scoprirlo nel Dorfkrug.

Decidono di visitare l'azienda. Nel primo pomeriggio gli uomini
più anziani del villaggio erano seduti a tavoli rotondi, come al
solito quando entrano le due donne. Si siedono al bancone, salutano
il padrone di casa, ordinano una birra e infine si rivolgono alle
persone e iniziano la conversazione.

Clara

Moin, i signori. Siamo le signore della fattoria fuori, che mi è stata trasmessa dal prozio Günther Eduard Knichel. Ci siamo sistemati bene e permettiamo a certe persone con percorsi complicati di vivere con noi, aiutandoli così a dominare la loro vita quotidiana. Molti di loro sono giovani. Sono Clara. Questa è la mia collega Emma Loretti.

Signore 1

Sì, sta arrivando. Siamo alla fonte qui. Quindi ora abbiamo portato un nuovo centro terapeutico nel villaggio ... se va bene.

Clara

Abbiamo imparato che ci sono strani incontri con persone con disabilità nel villaggio, che scappano sempre più spesso da casa.

Signore 2

Destra. Diciamo, il nostro villaggio è forse un rifugio per senzatetto ? Dopotutto, nessuno si chiede di cosa si tratta. Hai una scelta qui, chi ci chiede agli anziani cosa pensiamo di questi poveri che fanno queste sciocchezze ?

Emma

Sono handicappati mentali. Non è colpa vostra. Ma qualcuno dovrebbe indagare su cosa sta succedendo in casa e come andrà avanti ora.

Signore 1

Sappiamo che ai giovani deve essere offerto un posto dove vivere nella tua fattoria. Non tutti i bambini hanno una buona casa. Ma se offri loro il meglio, cosa può succedere di loro.

Signiore 2

A volte l'ufficio interviene appena in tempo se, ad esempio, ostacolano una puttana per portare via i loro figli. Altrimenti non avrebbero avuto possibilità.

Signore 3

Sì, un orfano non può essere impedito di diventare saggio, nessuno le sta semplicemente offrendo il meglio o il suo santuario, perché non possono ottenere il meglio senza considerazione.

Signore 2

Sì, la puttana può piangere come vuole ...!

Signore 3

Ma i bambini che escono di casa più tardi sono felici quando sono stati aiutati. Chiunque abbia aiutato un cane una volta ha un amico per la vita.

Signore 1

Destra. E tutti coloro che hanno trovato un occhio per i propri problemi sanno come proteggersi un giorno, finché vivono. Spesso non esiste una casa di famiglia che raddrizzi tutto.

Signore 2

... e spesso nessun amico che risolve i problemi e nessun fratello che possa rimediare all'ingiustizia fintanto che un giovane è in fuga e non capisce ancora tutto il mondo che lo circonda !

Signore 1

Ma i ragazzi imparano. I giovani di oggi vanno al lavoro, non hanno figli e hanno un senso dell'umorismo per tutto. C'è troppa parentesi. I bambini che sono curati solo dai genitori e strettamente legati alla casa dei genitori non scriveranno libri perché sono alcuni che fanno lavorare gli altri per loro.

Signore 2

Come dice il proverbio ... Dietro la luna, si dice, c'è davvero la vita, ci sono molti che vivono dietro la luna ...?

Signore 1

E le donne esperte sanno quando un gioco è esaurito. Puoi vedere in una rapida conversazione se ha fatto tutto ciò che è umanamente possibile nella sua vita per prendersi cura del futuro dei suoi figli, o se capisce qualcosa sugli uomini o ciò che si adatta alle loro inclinazioni.

Signore 3

Sappiamo. Queste persone non hanno autodeterminazione.
Non puoi farci niente. È un po 'come quanto la vita di tutti i giorni nel villaggio sia vuota per noi anziani. Nessuno ci chiede più della nostra opinione. Ma le donne hanno ragione. Qualcuno deve parlare con loro lì. Miss Clara. Facci sapere se potresti scoprire qualcosa.

Le donne salutano. Dopo aver preso un appuntamento con una donna Reese, passano davanti a detta casa e si registrano in ufficio. Una donna tozza apre la porta e le chiede un tavolo con caffè e pasticcini.

Signora Reese

Buona giornata, signore. Siamo sempre occupati, quindi non ho molto tempo, ma dobbiamo parlare della situazione.

Emma

Sì, quindi sappiamo cosa è successo. E il villaggio si chiede come affrontarlo. Cosa ci viene in mente da "Villa eterogeneo" è sapere qual è il tuo problema ?

Signora Reese

Questo, signore, viene rapidamente spiegato. Il club di assistenza paga troppo poco per i dipendenti. Siamo sopraffatti. Questa clientela è esigente e abbiamo troppo pochi impiegati per troppe persone. Questi includono coloro che hanno avuto un'infanzia molto difficile e sono stati traumatizzati o ricoverati fino ad oggi. In realtà, ci dovrebbe essere un gruppo di tre terapisti per ciascuno di loro, che si sono presi cura di lui accuratamente per tre mesi con piena attenzione. Ma in questo paese non c'è comprensione per questo. Tutto dovrebbe funzionare solo al livello più basso come il lavaggio e l'alimentazione. Ma non siamo una prigione !

Emma

Probabilmente devi tenere sotto controllo la tua gente, o continuano a scappare. Che ne dici se trovassi volontari che potrebbero offrire un po 'di intrattenimento per la loro gente? Ad esempio, cosa suggerisci potrebbe essere offerto a buon mercato e facilmente per rendere la vita un po 'più facile per le persone ?

Signora Reese

O si. Sai, il gesto più piccolo può innescare il meglio in loro. A chi stavi pensando ? Se ci pensassi in quel modo, saprei qualcosa ... Quando c'erano più giovani volontari, sarebbe stato di grande aiuto offrire loro un piccolo lavoro dopo pranzo. E la cosa più popolare è stata quando hai letto le fiabe. Tutti ne erano entusiasti !

Clara

Ho una grande idea ! Abbiamo la brocca del villaggio. Ecco dove si incontrano gli anziani di qui. Come posso vedere, si sentono troppo inutilizzati e vorrebbero ancora essere coinvolti nella società. Il seguente che ne dici di proporti di diventare un narratore e che regolarmente ?

Signora Reese

Hai la scelta Se potessi convincere le persone a farlo, ti sarei molto grato. Offrirà una prospettiva a tutti i disabili qui e ciò migliorerebbe la loro sicurezza di base. Forse allora non sarebbero scappati. Provalo.

Emma e Clara sono elettrizzate. Quindi, sulla via del ritorno, superano rapidamente di nuovo la brocca del villaggio per comunicare il loro messaggio. Sei fortunato. Gli uomini sono ancora tutti seduti lì.

Clara

Miei cari signori. Veniamo con buone notizie e una grande richiesta. Una signora Reese della direzione interna ha confermato ciò che avevamo accettato. Tutto è in realtà abbastanza normale nel dormitorio per disabili. L'unico problema per i residenti è che non c'è abbastanza personale retribuito per soddisfare la propria clientela. I disabili sono tutti adulti, ma devono tutti portare il proprio pacchetto e hanno spesso avuto un'infanzia traumatica. Se qualcuno dovesse correre il rischio ora e restituire a questi poveri un po 'di dignità dando loro solo un po' di attenzione e tempo su base regolare, potrebbe avere un effetto enormemente positivo su tutta la loro psiche. Quindi queste persone non sarebbero più scappate !

Signore 1

Miss Clara. Sembri una donna molto dedicata.
Ci chiediamo a cosa stiano puntando. Di cosa si tratta ?

Clara

Dovremmo dare il suggerimento, ovvero offrirti l'offerta per renderti utile per la comunità del villaggio. Puoi fare molto bene leggendo queste fiabe di queste persone per mezz'ora al giorno.

Gli uomini tacciono e guardano stupiti le due donne.
Dopo qualche riflessione, il primo oratore parlò di nuovo.

Signore 1

Non sai cosa, se viviamo in una città o in campagna. Ma ciò che è sicuro, dove vivi, devi lavorare per i più deboli in una comunità. Siamo molto felici di averti incontrato, signorina Clara, signorina Emma. Vediamo come un villaggio è quasi estinto qui.
Quasi solo gli anziani sono lasciati qui. L'intelligenza si allontana.
Lo sviluppo non sembra fermarsi.
Quindi perché non dovremmo contrastare questo ?
Diciamo solo - Gli stranieri dentro! I giovani idealisti come te stanno portando nuovo vento qui. Sono sempre richieste menti

intelligenti che osano provarlo insieme. Se il numero dei locali è diminuito e rimangono quasi solo gli anziani, anche i medici di campagna chiudono, c'è ancora spazio sufficiente per persone come te. Allora perché, amici miei, perché non dovremmo aiutare un po 'queste persone disabili adulte e alleviare il loro dolore per una vita difficile, e dare loro parte del nostro tempo semplicemente leggendole un po' ?

Signore 2

In realtà, siamo tutti alla ricerca di lavoro da molto tempo. Potremmo fare a turno.

Signore 1

Sembra abbastanza buono. Concordato. Ci stiamo muovendo !

127

Epilogo

Una persona che amo per la sua arte, ma che alla fine sembra rinunciare, per cui ho scritto questo libro ... Non ho mai avuto un ideale maschile in giovane età. Per me, le persone non esistono secondo un sistema fisso con le più alte aspettative. Solo ciò a cui mi sono aggrappato durante la mia vita è stato triste perché sembra rimanere solo. Se avessi trovato una conferma negativa, mi sarei lasciato senza potere e non avrei tollerato la mia debolezza per gli altri. Ecco come trattiamo i nostri amici. Il modo in cui diciamo cose spaventosamente o coraggiosamente costituisce la nostra vita; dovrebbero essere il nostro test mentale, dovremmo costruire abitudini migliori prima che sia troppo tardi.

L'amore se ne frega. Amore è rispetto. L'amore è gratitudine. L'amore è devozione. L'amore è affidabilità. L'amore è lealtà. L'amore è semplicità. L'amore deve essere dato. L'amore è inclusività. L'amore è immutabile. L'amore è per sempre. L'amore non è uno spirito, tutto il cuore. L'amore è fede L'amore è purezza.

L'istituzione, la religione, la paura che suscitano non sono mai state così vicine a me. Imparo a vedere attraverso di te e a correggermi come parte del ritorno a me stesso. Voglio fare, desiderare, voglio fare la differenza nella percezione inconscia. È una sfida mistica sapere fino a che punto posso andare, quando stare vicino o quando è meglio mantenere le distanze. È il gioco del caldo e del freddo. So che funziona solo con fiducia in te stesso. Ma sono un ragazzo vivace. Posso certamente imparare e imparerò ciò che mi insegni. Se ho raccolto la sfida di parlare, è solo perché ce ne sono pochi come me. Se sono sulla scia di molte cose, alla fine è bello avere dei seguaci in cambio.

So che è un posto come questo che dà il coraggio di non rinunciare mai alla vita così com'è. I giorni in cui mi sento perso, dimentico che io stesso potrei essere quello che respinge un amico che non si aspettava la mia recitazione. E devo rendermi conto che questa è una partnership in cui ognuno di noi ha il diritto umano di rimanere spensierato per un po 'e di essere solo, e non sto soffrendo solo perché devo scoprire che noi differenziarci in alcune aree.

La verità ti educa sulla tua situazione, ti porta dal dottore con le mani o può darti la forza che neghi in te stesso. Anche tuo fratello non sarebbe in grado di aiutarti. Ma è un peccato. E sono molto lontano. Il tuo corpo potrebbe essere un grande insegnante per te. Potresti iniziare ad amare il tuo corpo. Ascoltalo in silenzio e chiedigli consigli su come puoi cambiare la situazione accettando il tuo corpo come amico e dandogli la possibilità di lottare per la sua vita. Ma temo che stai per abbandonare questa lotta. Ti sta di fronte come un amico e si chiede tristemente perché non lo vuoi in questo mondo ...

Grazie al tuo corpo, è sempre stato il tempio per te, protetto e custodito dentro di te. Ora è l'amico che non vuole lasciarsi andare da solo, ed è tempo che tu gli accetti e lo perdoni per la sua debolezza.

Ma corpo e mente sono una cosa sola. Come hai intenzione di andare avanti se ti lasci una parte di te?
Dò a tutti il tempo di fare pace con se stessi. Ognuno decide da solo sulla sua vita. Nessuno può decidere se vivere o morire. La verità è la tua compagna costante. Dico alla donna che è in me di essere una cosa sola con lei. Il bambino interiore è un conflitto tra le emozioni dell'adulto e del bambino interiore. Gran parte della nostra maturità, decisioni e sentimenti sono attratti direttamente dalle esperienze dell'infanzia.

129

Sono anche un affascinante negozio rakic ... Ciò a cui sono attratto
sembra spaventoso. Quale mio corpo appassionato. Cosa e chi amo
e difendo duramente. Non sono perfetto, puntuale, in tempo.
Trascorro troppo bene nell'oscurità del pensiero.

Where does the horn hang from the human hunter ?
Who didn't come across the fact
that he'd rather stay away from someone
who knows torture ?
A little bit of beating and banishment for years,
the little bit of multiple rape,
hardly to notice the withdrawal of the personal papers,
the little hunt for their person to lock them away,
the expropriation of their legal guardianship,
who would speak of constant turning on ?
Who would have to die first
where the child then tipped out with the bath
and also subjected to early childhood torture,
so who will die first
the hare or the fox and then the question where ?
I'll tell you, just there
Where the pepper grows.

« HEIKE THIEME »